主编　凌翔

当代著名作家美文自选集

# 应知故乡事

马浩　著

天津出版传媒集团

天津人民出版社

**图书在版编目 (CIP) 数据**

应知故乡事 / 马浩著 . -- 天津：天津人民出版社，
2020.12

（当代著名作家美文自选集 / 凌翔主编）

ISBN 978-7-201-16859-3

Ⅰ. ①应… Ⅱ. ①马… Ⅲ. ①散文集－中国－当代

Ⅳ. ① I267

中国版本图书馆 CIP 数据核字（2020）第 243579 号

# 应知故乡事
## YINGZHI GUXIANG SHI

| | | |
|---|---|---|
| 出 版 | 天津人民出版社 | |
| 出 版 人 | 刘 庆 | |
| 地 址 | 天津市和平区西康路 35 号康岳大厦 | |
| 邮政编码 | 300051 | |
| 邮购电话 | （022）23332469 | |
| 电子信箱 | reader@tjrmcbs.com | |

| | | |
|---|---|---|
| 责任编辑 | 岳 勇 | |
| 封面插画 | 陈 姝 | |
| 装帧设计 | 陈 姝 | |
| 主编邮箱 | jfjb-lx2007@163.com | |

| | | |
|---|---|---|
| 印 刷 | 唐山楠萍印务有限公司 | |
| 经 销 | 新华书店 | |
| 开 本 | 710 毫米 × 1000 毫米 1/16 | |
| 印 张 | 13.5 | |
| 字 数 | 200 千字 | |
| 版次印次 | 2020 年 12 月第 1 版 2020 年 12 月第 1 次印刷 | |
| 定 价 | 49.80 元 | |

# 目　录

第一辑　碎语槐下

# 瓦

　　行走乡村，我对房上瓦极有兴趣，瓦会说话，与阳光、雨水、风霜，与长在瓦棱的花草，只要你用心聆听，就能听到，那些有关岁月沧桑的话题。

　　水乡屋顶的瓦，一般都是小瓦，泥土烧制的那种，瓦为天青色，状若弯月；北方平原上的呢，多是洋瓦，就是水泥制作的灰瓦，人人咧咧。小青瓦婉约，大灰瓦豪放，不经意间，南北方的性格、习俗便在屋瓦的细节中流露了出来。

　　当然，我所说的是目前所见的情景。其实，南北方在使用青瓦上，似乎并无如我这般想象的差别。我出生在北方，记忆里，村庄里也有零星的青砖小瓦的青瓦屋，多是地主乡绅的遗存，青瓦卡的屋顶，有种言不出的阴柔之美，屋脊多有小瓦组成铜钱状图案，青瓦仰面为沟槽，覆面为瓦棱，凸凹有致，如书写在屋顶的诗行，岁月的风尘积淀在瓦缝隙间，不知是风抑或鸟雀带来的草籽，草的家族便在瓦缝之间扎根发芽，一代又一代，故事在秋风里摇曳着，似乎在诉说着世事的迁流。

昔日，我们村就有窑场，烧过青砖、烧过青瓦，村里却没有几处青堂瓦舍。"满朝朱紫贵，不是养蚕人"，我总觉得青瓦的诞生向来都不是为布衣百姓。过去，在乡村只有有钱的乡绅才能盖得起瓦屋，一般百姓，都是黄土筑墙茅草盖屋，和泥筑墙，麦草、稻草、茅草作瓦，篱笆圈墙，柴扉为户，家有老小，外加一头驴，一头猪，一群鸡，一只看家的黑狗，炊烟袅袅，鸡犬声声，烟火的小日子就在四季中不急不慢地行走着。他们烧制着青瓦，心底或许从来都不曾想过留作自用。

自我有记忆始，村里的窑场就废了，堰头的窑早已坍塌，仅剩下一座窑场，荒草萋萋，常有狐狸、黄鼠狼出没，取而代之的是生产队的"瓦房"——制作洋瓦的作坊，"瓦房"就在我家的大门前边，从"瓦房"后窗就能看到制瓦师傅们制作洋瓦。洋瓦，洋灰瓦的简称，洋灰也就是水泥，水泥瓦的盛行，洋灰瓦遂简称为瓦了，为别与灰瓦，小巧的青瓦便改称了小瓦。

瓦房的门前有口带着水车的水井，几口水泥大水池子，制作好的灰瓦放在水池里，等待水泥慢慢地凝固。水池里的水就是水车抽上来的井水。夏日，看师傅制瓦，推水车玩耍，在水池里玩水，摇摇晃晃地行走在水池间池壁上，有趣刺激，以为乐。

在"瓦房"中看师傅制作瓦，也是件好玩的事，制瓦有制瓦的机器，有模具瓦，模具瓦是铸铁的，用时刷上柴油，摞在瓦机边上，供师傅取用，瓦机中间是四根可上下的铁棍，以支撑模具瓦，两边是盛水泥的槽子，师傅双手持抹子，把水泥覆在模具瓦上，然后，用铸造好的瓦截面形状的压瓦棒按压，瓦初具形状时，用细箩子筛撒水泥，用压瓦棒来回按压，这叫挂浆，目的是为了易于淋水，师傅一踏支撑板，瓦便如一朵出水芙蓉般挺出瓦机，立在一边师傅用手托起，放在一只可转动的木支架上，用小刀割除多余的水泥，一只灰瓦就算制作完成了，放在一边晾一下，待水泥发硬了，然后置入水池中，老灰之后，把模具瓦去掉，瓦便可以随时亮相屋顶了。

儿时，经常泡在"瓦房"里，对于制瓦的程序，早已了然于心了，可始终没有机会实践。灰瓦似乎天生就没有嫌贫爱富的意识，乡村，普遍使用灰瓦建房，起始是半草半瓦的屋顶，墙依旧是土坯墙，而后，出现了"腰里穷"，民间的语言就是丰富多彩，不服也不行，何谓"腰里穷"？瓦顶，青石砌基，青砖筑就的山墙，只是四面屋墙是泥坯的，故称"腰里穷"，"腰里穷"亦不是过渡阶段，随之而来的就是青三间了，青三间，墙全部是青砖砌的了，青砖灰瓦，青砖墙院，大门楼前出后攒，一派生机盎然的农家小院就落成了，院中，若架上一架葡萄，全家在葡萄架下晚餐，场面着实温馨。

或许，儿时一度以瓦为乐，潜移默化，对瓦有种难言的情怀，让我每到一处，都会留心建筑物上的瓦，我似乎能听懂风尘中瓦的语言，那是光阴的故事。

## 马桩子与牛橛子

　　马桩子与牛橛子，大约类似于今天的停车位，不用说，就知道是用于拴牛马的。

　　小的时候，生产队有牛屋院，院子很大。牛屋院，不但有牛，还有马、骡子、驴，院子里，马桩子与牛橛子，占据了大半个院落，高高矮矮的，高大的是马桩子，低矮的是牛橛了，星罗棋布，像是古代的战阵，孩子们常在战阵里嬉闹穿跑追逐为乐。

　　马桩子拴马，牛橛子系牛，仿佛是天经地义的事，拉了一天车的马，和耕了一日地的牛，被牵到牛屋院，饲养员已拌好了草料，那些晚餐放在石牛槽里，吃罢，便把它们牵向马桩子、牛橛子拴起来。

　　几十年之后，有一天，看到停车位，无端地联想到了马桩子与牛橛子，有关它们的记忆，一下子又鲜活了起来，开始琢磨，马桩子所以高，牛橛子所以矮，这些曾习以为常的事来了，这一琢磨，倒觉得非常有趣。

　　马，俊逸、刚烈，习性站着睡觉。牛，憨厚、温柔，生来卧着休息，休息时，也不忘反刍，把胃里的草倒出来，慢慢嚼，俗称倒嚼。或许因而拴马需要高一些的桩子，拴牛就要矮矮的橛子就行了。

古时，拴马桩是用巨石雕刻而成，有各种造型，一般都是雕刻一对，摆放在深宅大院门前，标志着主家显赫地位，其象征意义远远大于实际用途，而今，也只能在古装影视剧中看到了。

儿时，到牛屋院玩耍时，马只能远观，看着它在马桩子前，前蹄跃起，咴咴嘶鸣，或尥蹶子，喷着响鼻，便是安静下来，身上依然散发着一种无以言状的威严，似乎随时就有脱缰而去的可能，令人不敢造次。牛就不同了，它卧在牛橛子旁，拴绳摆设似的蜷曲在地上，眯着眼，嘴里倒着嚼，像位得道高僧在诵经，小孩子爬到它身上骑着，它也不做任何反应，即使做出了反应，也只是慢悠悠地起身，给你足够的逃离时间，捉迷藏时，常以牛为掩护。

有一段时间，放驴时，必经由拴马的村口，每经此地，我就胆战心惊的，我小心翼翼地牵着驴，平时，驴很听话，任骑，叫跑就跑，喊停就停，让它打滚就打滚，可一见到村口的马，就不听我的使唤了，咴咴地叫，马见势，立即做出反应，欲脱缰绳而来，我双手紧握着驴缰绳，背在肩上使出吃奶的劲拖拽着，却无论如何拉不住，此刻，我就想成为一根挂驴的桩子。

在我的印象里，放驴放牛常见，少见过放马的，放牛，是件很好玩的事，牛好像永远都是悠闲的样子，牛的力气很大，它平时似乎懒得用，放牛时，牛绳拴在牛橛子上，牛橛子在河滩上，随便一插，牛便在牛绳的半径之内吃草，半径外的草再肥美，它也不眼馋，其实，牛只要想去吃，牛橛子是禁锢不了它的，可它乐意守着虚设的牛橛子，画地为牢。

牛拉车、耕地，你让它干啥就干啥，任劳任怨，马就不行，非常有个性。

记得，生产队买来一匹退役的军马，骨骼清奇，雄武不羁，像是从徐悲鸿画上挣脱出来似的，想使用它，就是不上套，无法驾辕拉车，于是，就请来了驯马师。驯马时，在一个封闭的土场上，墙不高，大人伏在墙上看，可看全场，那天，似乎全村的人都前来看热闹了，男女老幼，我骑在矮墙上，驯马师把马从马桩子上解下缰绳，马开始尥蹶子，给他一个下马威，较量从此开始了，马身上的鞭痕摞着鞭痕，可马依然不上套。

后来，看外国一部电影《战马》，一位农场主看中一片骏马，不惜掏空了家底买来下来，可马就是不拉犁耕地，不听他使唤，气愤的农场主差点要掏枪杀了它，农场主的儿子与马很投缘，他说服父亲，他会让马犁地，经过无数次的努力，马终于上套拉犁了，后来，这匹马被农场主卖给部队成为一匹战马。

马与牛，都是有着灵性的家畜，通人性，是人类的朋友，我觉得马桩子与牛橛子，是人与牛马达成的相互信任的一种默契。

# 煤油炉

一件事物的流行，绝非偶然，如同它逐渐式微，乃至消失一样，其中的奥秘，并非三言两语，所能说得清楚，勉强说，这就是生活。

煤油炉便是一例。

二十世纪七十年代，煤油炉似乎突然亮相乡村，不只是煤油炉的火焰点燃了，农人对"楼上楼下，电灯电话"生活的向往，还是在这种美好的氛围之中，燃起了煤油炉。那时，我们家就有一只，那只煤油炉跟我所曾见过的有所不同，是父亲托人私制的，本色，大约是便宜，外壳没有刷漆，不美观。

我最早见过的煤油炉，是在一个知青家，村里就一个知青，住在我们队的牛屋院的一个单间里，冬天，去牛屋院玩的时，常从他门前经过，每每能看到坐在屋角的绿色的煤油炉，那时，我尚知道其为何物。一次，他主动招呼我们去他的屋子里玩耍，我便好奇问他，这是什么？手指着煤油炉。从此，我知道那玩意儿的名字，可烧水煮饭。

说来，最初使用煤油炉，有点悲剧的色彩，此事说来话长。那时，生产队大面积种植棉花，棉花喜欢招虫子，有种棉铃虫，最乐意钻棉桃，棉桃被虫子一钻，就脱落，于是，不得不打农药，集体农药中毒，在中毒者的名单里，有我母亲的名字。母亲她们住在医院的一间大房子里，打点滴，观察病情，生产队就买了只煤油炉，烧水做饭方便。我去看望母亲时，母亲已痊愈，她煮面给我吃，教我如何开关，如何点燃，她示范着，往上拧时，火捻子挺出，往下拧是，火捻子缩回，那顿面条，就是我亲自操作煤油炉的结果，当时觉得很得意，很有成就感，而今想来，历历在目，恍然如昨。

有些事就是这样，不能干时想干，能干时又不愿干了。那只土里土气的煤油炉落户我们家时，我便开始厌烦煤油炉了，无论土洋。

晚上放学回家，我要点火做饭，所谓的做饭，就是烧稀饭，俗称烧汤，家中有米时，在钢精锅里放少量的大米，没米就用小麦仁，母亲在石碓里舂的，过去，这不是好东西，现在，小麦仁比大米金贵，这真应了那句老话，十年河东十年河西。开锅后，在舀子里把玉米面加水调匀调稀，慢慢地添加在锅里，使之别有疙疙瘩瘩，之后，用勺子不停搅拌，怕的是大米或小麦仁粘锅，若粘锅了，汤就有一股子焦煳的苦味，我就会受责备。

小孩子玩心重，哪有那个耐性，人在曹营心在汉，坐在煤油炉边，心早被外边嘻哈声吸去了，锅盖子常被顶掉，汤水溢出来，滴在煤油炉的火焰上，吱吱地响，发出一股臭鸡蛋的气味，此时，心方才回来。那段时日，我最怕放学了，最怕看到煤油炉，见到它就有种抬脚的冲动，又不敢往它身上落。

煤油炉的火捻子常被烧焦，不得不把炉罩子取下来，用钢锯条刮，弄得一手都是油灰，这也是我的活。拿下满身孔眼的挡焰外罩，对着满身孔眼的外罩，我曾一度很好奇，为什么要扎那么多眼呢？为此，我曾问过父亲，父亲没好气回我，整天瞎想什么呢，再把汤烧淌了，小心我揍你，而今想来，估计父亲当时也没有用心去琢磨它，别说，这事被父亲这么一激，竟让我给憋出来了，孔眼为了供氧，为此，我很得意，动辄就拿这个问题问小伙伴。

前些年回老家，看到狗食盆子有点眼熟，此时，父亲已满头银发了，不过，身体很硬朗，正往狗食盆里加食，抬头见我眼盯着盆，说道，还认识它吗？煤油炉的底座。一时之间，有关煤油炉的点点滴滴的过往，重又兜上心头，亲切得让人伤感，淡淡的。生活，有时就是这样，东边日出西边雨，杂陈五味。

# 爆米花机

日前，在乌镇游玩时，在河房边的空地上，见一老者手摇着黑黢黢的爆米花机，泛白的煤烟，顺着爆米花机的四周往外冒着，慢慢飘升，爬向两边的河房，浮在小河的上空，渐渐消散。小桥、流水、石板小巷、古旧的木质房舍，这样的景象，让我回溯到久远的记忆里，仿若是在北宋的汴梁，我清楚，给我如此幻觉的，是那只黑黢黢的爆米花机。

乌镇的那只爆米花机，其实，只是为了应景，让人回顾、怀旧，事实上，这个目的是达到了。有关爆米花机，有着太多的温馨的记忆，一部爆米花机，能爆出一大箩筐的故事，这是这个时代的孩子，所无法享受的，也是无法体味的乐趣。

爆米花机，呈葫芦状，前首有类似方向盘的圆盘，盘中是块压力表，我一度以为是由看时间的钟表，后面是厚厚地铁盖子。一只烧煤炭的火炉子，一条自制的细长口袋，一头用铁圈固定，一头散口，爆米花时，把散口处挽个扣。这就是爆米花的全部家当了，哦，还有一只拖着它们的平板车。爆米花者，大约经常与炉火打交道，脸似乎永远都是油黑的，烟熏火燎一般，衣着多藏青色，让你无法猜度他的年龄，他慢悠悠地拖着爆米花机，在乡村的小道上缓步走着，边走边吆喝，爆米花啦，爆米花——悠悠长长的声音，似有古意。

谁家的孩子，听到了吆喝声，闪身探头，远远看着拖着板车的爆米花人，急急忙忙回转身，大声嚷嚷着要爆米花。于是，大人从粮缸里，舀出一茶缸玉米，跟在小孩子的身后，"哪有爆米花的"，说话间，就到了门外，叫声，"爆米花的，过来"。

寻一处开阔的地界，把爆米花机、火炉之类的家什卸下来，安顿好，爆米花的坐定在小马扎上，一手摇着机子，一手加着煤炭，青烟缕缕上升，大约是熟能生巧，其闲适的神态，便觉生活有滋味、有情趣。有时，我就想，若让忧郁症患者，拖着爆米花机走街串巷爆米花，说不定，爆米花机的一声爆响，没准就把他爆向了生活的怀抱里。看爆米花，惬意非常。爆米花机宛如一块磁铁，能把小孩子都吸引过来，随着小孩子，还有那些家长。黑黢黢的爆米花机，在红红的火苗上，滚动着，一会儿红，一会儿黑，在红与黑的交替中，只听一声爆响，一小茶缸的玉米，就能炸一大篮子的玉米花，喷喷的香，酥脆，玉米花的清香足以弥漫半个村庄。

在尚未解决温饱的乡村，爆米花是一种奢侈的小零嘴，更奢侈的，是带着甜味的爆米花，在爆米花时，放上几粒糖精，而今想来都觉得不可思议。

爆米花机，能爆的东西很多，大米、玉米，干的米糕之类，等等。在北方的农村，一般都是爆的玉米花，南方的水乡呢，自然多是爆的大米了，颇具地方特色。有关爆米花的小零食，据说最早是在北宋时期。

北方民间有个神话故事，"金豆开花"用以解救龙王为人间降雨。传说农历二月二"龙抬头"，这天，人们都要爆玉米花以充金豆花，以期风调雨顺。

宋朝诗人范成大在他的《石湖集》中，曾提及上元节吴中各地爆谷的风俗，并解释说："炒糯谷以卜，谷名勃娄，北人号糯米花。"《吴郡志·风俗》中记载："上元，……爆糯谷于釜中，名孛娄，亦曰米花。每人自爆，以卜一年之休咎。"在新春来临之际宋人用爆米花来卜知一年的吉凶，姑娘们则以此卜问自己的终身大事。宋人把饮食加入文化使之有了更丰富的内涵。

清诗人赵翼在他著的《檐曝杂记》中，收录一首《爆孛娄诗》："东入吴门十万家，家家爆谷卜年华。就锅排下黄金粟，转手翻成白玉花。红粉美人占喜事，白头老叟问生涯。晓来妆饰诸儿子，数片梅花插鬓斜。"诗人是热爱生活的，看什么都觉得有生趣。

二月二，爆米花的习俗，我知道在老家邳州一带，至今依旧沿袭着。爆米花是用铁锅炒的，灶里烧上柴火，炒时，用淘洗过的沙子传热，玉米粒在滚烫的沙子中受热，由表及里，激情澎湃，只听"砰"的一声，一粒玉米开花了，噼噼啪啪，玉米花竞相绽放。至于爆米花机，始于何时，不曾去考证，我有记忆时，它常在乡野中出没，它落地之处，都会弥漫着爆米花诱人的香味，而今在乡村，拖着爆米花机身影难得一见了，孰料竟在乌镇偶遇，不禁感慨系之。我很怀念。

## 老槐下的石碓

　　看到了没有？月姥娘在槐树下春碓。夏夜，奶奶指着月亮跟我说。奶奶这么一说，我越看越像，在槐树下，我终于找到了石碓，月姥娘在春什么呢？

　　这一幕儿时的记忆，是关于月亮的，也是关于石碓的，有关月亮的传说故事，这次最为亲切、可感，不知可否是奶奶的原创，我想应该是，在我记忆的库存里，奶奶总是坐在大门前的槐树下春碓，大约是生活播撒了她想象的种子。

　　石碓，新石器的家什，与月亮一样古老而神秘。一般情况下，石碓都摆放在大门口，有石碓的地方，就会有大树，就会招引鸟雀、孩童，鸟雀来寻食，孩童来玩耍，孩子们喜欢坐在石碓里，石碓的锥形空间，有吸力，屁股往里一坐，便被吸住了，出来必须用手臂用力撑着碓壁，起落之间，会发出噗噗的声响，是件很有趣的事，为此。常遭大人的喝斥，说这么做伤天，礼失求诸野，民间的诸多禁忌，多是出于对大自然的敬畏。

据说圣世时代，天降面粉，玉帝为测人心，便化装成乞丐到人间来行乞，居然看到有人竟用面团给孩子擦屁股，从此，天就不在降面，改为下雪了。石碓本是舂吃食的，过去，食物在人未吃之前，先要敬神的，这神似乎没有具体的代表，人们却相信抬头三尺有神灵，民以食为天，食就是天赐，岂能容你的屁股去玷污。

没有人的时候，石碓便是麻雀的世界了，一群麻雀隐在树叶间，叽叽喳喳，大约是在说，石碓边没有人，咱们去看看有可吃的没？于是，一只麻雀当了先锋官，翅膀一亮，飘落了下来，在石碓边伸头探脑的，见有麦粒赶紧去啄，呼啦一下，树上的一群麻雀都飞落了下来，石碓上，碓窝里、石碓旁，有的蹲在槌顶，一阵地搜寻后，轰然而去。

石碓，对于今天的孩子来说，无疑是陌生的，即便是在农村里长大的，也未必见过。石碓外形古朴拙笨，材质青石或红石，有的呈鼎形，有的状若圆锥，落地沉稳，无论外形是何形状，碓窝都是锥形的，碓槌亦是石质的，或圆或方，中有空隙，木棒为把，把的另一端有铁箍，一者利于舂，再者以防木棒磨损，碓槌真可谓是头重脚轻，视不同舂物，选择头脚。

现在超市、杂粮市场，麦仁、豆钱、玉米糁之类，要什么有什么，过去，这些东西都需要上石碓上舂的，北方少种水稻，村里没有轧稻机，稻子就放在石碓里舂，更多的时候，舂小麦，用麦仁煮稀饭，通常都是晚上烧稀饭，提前舂麦仁。傍晚，我家门前总聚满了前来舂麦仁的邻居，有说有笑，上岁数的动作不利索，自会有人上前帮忙，一家一家舂，时间尚早，晚饭又不急，奶奶边跟人闲聊边用笊篱把浸小麦的水控掉，静待小麦把少许的水分吸干，待人家都舂完了，奶奶才拿起碓槌，碓槌在碓窝里起起落落，咚咚有声，极有节奏感。

石碓什么东西都可以舂，把黄豆舂扁成豆钱，水稻去壳成大米，玉米舂成糁子，小麦可以舂成麦仁，红辣椒舂成辣椒面，舂红辣椒时，要用毛巾把嘴鼻蒙上，否则，呛人的辣味令人受不了。

春东西时，感觉很轻松，槌起槌落，怦然有声，看上去很美，其实，春槌蛮重的，记得少年时，常拿着春槌当哑铃练手劲，练臂力。为了省力，有人利用杠杆原理，春槌安装在木棒一头，大约距木棒的三分之一设一支点，另一端钉一踏板，用脚一踩，槌起来，脚一松，槌落下来，对比用手要省些力气，春干辣椒之类的辛辣的东西时，好处就更不用说了。

石碓，在乡村或能见到，估计大都闲置了，在食品堪忧的今天，石碓令人怀念，更令人怀念的是人真诚、敬畏的心。

# 石碾子

　　说到石碾子，岁月似乎一下子便被拉长了，拉长到我遥不可及的童年。

　　在一片渚地上，一个大石碾子，每天都安静地蹲在那儿，默默地看着眼前的大汪，以及汪周的杂树，尤其是近在咫尺的老柳树，粗矮的树干，烟熏火燎般的黑，千沟万壑的，对于列队在树干上急行军的蚂蚁来说，估计很恰当，也不知那些蚂蚁这么匆忙，要到哪里去？去干什么？夏日，树冠阴翳，石碾子便在它的阴翳里，蝉声四起，汪水似乎一下子光亮了许多，石碾子也不怕闪了它的眼。

　　不知从何时始，石碾的碾盘有了晒场的功能。春日，晾晒着咸菜；夏日，晾晒着淖好的马齿苋；秋日，是红辣椒的领地；冬天，便被勺头菜赖上了。小孩子只有趴在碾盘上，莫名其妙地抠着石棱子的份了。有时，也以石碾为据点，玩捉迷藏，玩打仗。从我记事时起，好像石碾子从来就没有务过正业，估计石碾子也是这么看人的。

　　一年四季，春夏秋冬，它所见的都是些闲人。尤其是夏天，柳阴下，坐满了人，打牌的打牌，下象棋的下象棋，闲聊的闲聊，看热闹的人自然也不少。人来了，狗也跟着来了，狗一来，便跷起一条狗腿，在它身上画地图，似乎是想标个到此一游的记号，麻雀也不知哪里来的胆子，居然也飞落在它的头上，叽喳着，大约想寻点吃食，很失望，飞走之前，故意留下粪便，以泄心头不满。闲话的老人，说着说着，就会扯上石碾子。我在老人们的闲话中，才知道石碾子曾有过辉煌的过去。

石碾子的功能，就像乡村里曾时兴一时的轧面机，是那种只有单一粗箩的轧面机。那时，人们吃的面，都是在石碾子上滚压的。尤其是逢节时，闲人不闲石碾子，家家都排队等着压。把淘好晾干的小麦，在石碾子上滚压，粗长的木棍带动着石碾，石碾与碾盘摩擦，小麦便被碾压粉碎了，如此反复地碾压，然后，用细面箩子筛，面粉就这么被加工成了。别说，现在用石碾子碾压面粉，自给自足，绝对安全，没有吊白块之类添加剂，纯天然、无污染，食用起来安全放心。

石碾子碾面，可在我有记忆的时候，我就不曾见过它的专长发挥，那时，村里已有了轧面机，粗面的、细面的都有，先是柴油机带动的，后来是电动的。石碾子自然便没了用武之地，说来也奇，长久闲置的石碾了，苍苔满身，成了不折不扣的老物件，不知何时竟被神圣化了。

小时候，大人是不让小孩子到碾盘玩，说碾盘底下有个黑鱼精，会吃小孩，还说，黑夜里，黑鱼精会变成漂亮的姑娘，吸人血。黑鱼精变成美人勾引人，待你靠近她，她一下子变成了青面獠牙的女鬼，人就被吓死了。无人相伴，我是没有胆子去那里玩的，却偏又好奇，想见一见那个黑鱼精变成的女鬼。有时，伙同多人，在少星无月的黑夜，悄悄地来到汪边，相互借胆还是怕得胆战，默默地等啊等，只有老柳树树枝舞动的风声，偶或鱼拍打水的声响，或有人突然来一嗓子——黑鱼精，于是，大家便嬉笑着作鸟兽散。

村里，有一赵姓人家，人丁不旺，生个男孩，大约为了孩子好养活，请个算命的先生，估计算命先生是天才的诗人，居然让赵姓的男孩认石碾子当干爹。而今，这位干儿子也有四十多岁了，也不知还会不会偶尔想到他的干爹。

前些年，回老家时，那个石碾子依旧在，好像没有儿时那么高大了，老柳树早就没有了踪影，水汪也缩得簸箕般大小了，里面飘满了红红绿绿的塑料袋子，黑黑的水，散发着一股刺鼻的气味。村里，几乎见不到人影，都外出打工去了。石碾子，冷冷清清的，不知谁家的小孩子走过来，我指着石碾子问他，知道那是什么吗？小孩子摇摇头，笑嘻嘻地走开了，不时地回头看我，很好奇。

## 麦秸苫子

作为席具，麦秸苫子注定是属于北方，南方多种水稻，小麦不是主产，而稻草苫子很少作为席具用，倒是蒲苫子有南方特色，不过，在苫子家族中，麦秸苫子在北方人眼里似乎更正统，简称之：苫子。

范成大有诗曰，"昼出耘田夜绩麻，村庄儿女各当家。童孙未解供耕织，也傍桑阴学种瓜。"在乡村，许多事是潜移默化的，农村的孩子大都会编织苫子的，不是无师自通，是看多了、见惯了，稔熟于心了，不觉就能上手。

民谚曰：有钱难买五月旱，六月连阴吃饱饭。黄淮地区，五月麦黄要抢收，抢天时，腾茬子好播种下一季，抢收实乃为抢种，玉米、大豆、山芋……小麦上场的时候，挑拣修长壮实的麦秸留作编织苫子的原料，挑选麦秸是个细活，那时，没有收割机，收割麦子都用镰刀，收割下来的麦子捆成捆，以便运输，铡切麦穗，把海选下来的麦捆子解开，精选麦秸扎成小把，在场上晾晒，待麦秸麦穗干透之后，用木棒把麦穗的麦粒敲下来，退去麦秸上的麦叶，麦秸金黄闪亮，等待着随时"入编"，农忙完了，六月也就到了，雨季随之也来了，田地里的庄稼正需要雨水的滋润，大约这就是六月连阴吃饱饭的含义。

农闲没事，四根木棒捆成两组，叉开，一根细木棒一搭，就搭成了编织苦子的工具，细尼龙绳子的两头分别缠在半截砖块上，砖是青的，尼龙绳是红的，麦秸是黄的，栅子想织厚点，就多加几根麦秸，薄点就少加几根，砖头带着绳子在横棒上来回跳动，苦子就是砖头所走出的一条路，编织时，麦秸需用水潮一下，以让麦秸增加韧劲，苦子两侧编着花，姑娘的辫子一般，煞是好看。

那时，集市上随处可见苦子的身影。乡野间的阡陌上，常碰到背苦子的行路人，可作走亲戚、串朋友的礼品，也许是远足者随身的行李，这个是可以看得出来的，行脚走路人携带的苦子多是破旧的。

待六月的黄梅雨收住了脚步，暑天立时就追了上来，暑热难耐，乡村还没有通电，风扇、空调大约还待在文学作品里，白日就把苦子顶到堰顶的树阴下铺开，人往上面一躺，手里拿着扇子，也是麦秸编织的，放在手边，更像个道具，顺河风吹来，夹裹着水意，洋槐的细碎的小叶片，一联一联，厚厚密密，阳光洒不进来，远远近近的蝉声，似乎把时间都吵到太虚，人心是静的，有透雨垫着底，堰边的玉米长势喜人，几天前还是齐腰高，而今已可淹没人了，大豆油油的绿，在阳光下，闪着亮光，山芋的秧藤恣意蔓爬着，已无法分辨沟与埂了，侧目而望，人与心静静地沉于大地，似乎成为一株玉米、一苗大豆、一藤山芋秧，暑气亦渐渐消退，消退到苦子之下，苦子似乎成了魔毯子。

夏晚，拖着苦子到大场去睡觉，大场边上有池塘，看上去，池塘与大场是不搭的，其中蕴含着生活的大智慧，未雨绸缪，防患于未然，有"小心火烛"的功效。苦子铺在场上，暑热就被隔绝开了，仰望满天繁星，银河璀璨，听牛郎织女的故事，人躺在苦子上神游。

少年时的我，暑假，编织苦子似乎成了我的保留节目，一根木棒绑在门前的两棵椿树上，方桌上放着一只陶罐子，麦秸装在陶罐里，小小的我就把砖头抛来甩去，苦子在我的面前从无到有、从小到大，很有种成就感，常有路过的村人驻足观看，啧啧有声地夸奖，也是件得意的事，这或许是我在织苦子时，不觉得枯燥无聊的因由。一般情况下，小孩子是少耐心的，或许儿时织苦子的经历，让我做事有耐心、不急躁，亦未可知。

苦子，作为睡具，是农耕文明的产物，它能让人慢慢地躺下来，接近泥土，又让人与泥土保持着一点点距离，小麦依然在生长着，镰刀却被收割机代替了，麦秸已不能称其为麦秸了，麦秸苦子也失去其物质基础，成了过往。

# 牛槽

　　我在电脑上敲牛槽二字时，没想到竟是词组，惊喜之余，又有点莫名伤感，而今，牛槽恐怕只是一个概念，或者说是个标本存放在文字里，就像风干在《诗经》里那些乡间风物，我想有必要把自己记忆中鲜活的牛槽呈现出来。

　　牛槽，顾名思义，牛吃草料的槽子。牛槽大约是人们约定成俗的叫法。其实，牛槽亦可以喂驴、喂马，总之是大型牲口的餐具，不过，很少有人称之为马槽或驴槽。至于因由，不得而知，估计牛的憨厚的品性，让农人喜爱，爱屋及乌。

　　我所见到的牛槽都是石质的，红石，大约红石的硬度比青石要低，容易制作吧！牛槽底窄口宽，口宽米余，高约六十厘米，长约二米半的样子，模样呈斗状的长方形，一口牛槽的重量，少说也得有半吨，放在地上，沉稳、厚重。公社化的时代，以生产队为基本单位，牛马之类的牲口便是生产队的生产资料，生产队理所当然地要保护好这些生产资料，便有了牛屋院，牛槽是院中必备物件。

牛屋院也是聚人的地方，尤其是在冬日，在牛屋里烤火、下棋、玩纸牌、闲话，院中的大草垛又是鸟雀的天下，不过，最醒目的还是牛槽，通常两个排在一起，两端埋上木桩子，一根细长的棍搭在木桩之上，就像公交车上的抓手，以便拴牛之用。牛的饭点到了，饲养员便把牛一一从牛屋里牵出来，把缰绳系在横棍上，添草、加料，黄牛、青灰色的水牛便甩开红红的大舌头，往嘴里卷细麦草，尾巴还不住地摇着，偶或抬起头来，漫无目的地望一望，用力地晃一晃硕大的脑袋，又把头埋进牛槽中，继续食草，此时，牛屋院中寂静得只剩下牛食草所发出的沙沙的声响，类似夏夜庄稼拔节的声音，儿时，我就喜欢在牛屋院里看牛吃草，按理说，牛吃草有何看头，怎奈架不住童心的好奇，直到牛把草料吃光了，把牛槽舔得光亮。

牛离席了，牛槽便是孩童玩耍的战场，在窄窄的牛槽沿上，走钢丝一般，你追我赶，看谁跑得快，不掉下来，或在牛槽里玩捉迷藏，或以牛槽为屏障玩打仗，在牛槽里下军棋，学会写字时，在牛槽的帮上、沿上，写打倒某某，某某是大坏蛋之类，红石的底子，白色的痕迹，歪歪斜斜的大字，透着爱恨分明的童心，若追溯我的文字发表史，估计应该从牛槽开始，肯定也有过抄袭的经历，床前明月光，疑是地上霜……也许是锄禾日当午，汗滴禾下土。谁知盘中餐，粒粒皆辛苦。不是没有可能，不过都消失在岁月的长河里了。

长大之后，分田到了户，也不知何时，牛从我的生活中消失了，牛屋院子似乎也完成了它的时代使命，牛去院空，空留下，几口牛槽子孤零零地待在院中，牛槽里积满雨水，孑孓在发绿的水中扭动着身子，偶有几只麻雀飞来落到牛槽上，蹦跶一圈，目的好像不是去喝水，大约只是闲着无聊，就像童年时看牛吃草一样，觉得在牛槽上蹦跶蹦跶，有趣，不知从何处来的鸡，大约是冲着牛槽中的水，牛槽的四周长满荒草，与整个牛屋院连在一起，去拥抱前来的脚印，可惜留下的脚印太少，曾经热闹一时的牛屋院，如此冷落。

后来，队里抓阄分财产，不知因何，父亲让我去抓，我果然身手不凡，抓到一只牛槽。这只牛槽一直存放在我家的门口。

有一天，我回老家见门口的牛槽不见了，问父亲，牛槽被父亲借给人喂马了，现在谁还喂马啊，原来喂马是为了游客骑，或让游客牵着留影，赚钱的。我对父亲说，牛槽现在多稀罕，况且牛槽这么大，用整块石头凿出来，想想该是多么浩大的工程，花费多少位石匠师傅的劳作，现在，恐怕市面买不到了，赶紧要回来，放在家中装土养花也是好的，物以稀为贵，说不定，若干年后，牛槽就是古董了，可放进博物馆的，我正着手写老物件的系列文章，牛槽可是件实物。

父亲却面有难色，说好了借给人用，怎好要回来，我就没再言语，不过，临走时，我又去看一看牛槽，暗红色的大石槽依旧往昔模样，回头，我又对父亲说，借给人用又不是送人，有机会，要回来，弄坏了，就永远地没有了。牛槽，在我的心底还是有几分眷恋与不舍的，我知道。

# 石磨

　　在我家的小院里，有一座很别致的假山。

　　说到假山，人们通常会联想到那些七洞八孔、奇形怪状的太湖石，非也，或许你做梦都不会想到，那点睛小院的假山，乃一件老古董而为。那件老"古董"，是一件新石器时代的遗物——石磨。

　　前些年，翻盖老屋时，一直盘踞院中的石磨有些碍事，就把它搬到一边去了，好像它也没有什么异议。小楼落成，整修庭院时，简直就没有它的立锥之地了，我要把它丢弃了，老父不舍，他老人家说，它可是立家之宝。是啊，石磨喂养了我们几辈人，给我留下了太多太多的记忆，细瞧，便觉得它可亲可爱了，可它占地过大，又十分笨重，怎么也不好安置，苦思冥想之时，忽而动了灵机，一如多年之前，它的职能就此发生了转变。

　　有它装点的小院，确实就非同一般了。进入大门，它便是焦点，三块青石支起磨盘，磨盘里两片磨呈十字状链起、环立，巍巍乎，犹如异峰突起，山前一簇菊，山后一丛竹……这一切都是赋闲父亲的心血，一院的花花草草，五颜六色，氤氲着农家生活的情调与滋味。

一日，老父带着女儿在小院里浇花，女儿似乎突然对石磨感了兴趣，便好奇地问父亲："这是什么？"

"石磨。"父亲浇着花漫不经心地回答。

"石磨是什么？"

……

在屋里，我听着祖孙俩的对话，若有所思，勾起了我对石磨的无限记忆。若干年以前，我曾以《石磨》为题，写了一首小诗，其中有这么几句：推磨/俗称赶磨山集/这集不赶已有多年/煎饼依旧喷香。短短的二十余年的光阴，石磨已寄存在我辈的记忆里，而对于下一辈，便成了遥不可及的故事。

我的家乡地处黄淮平原，主要的农作物是小麦、玉米、山芋、大豆，以煎饼为主食。一方水土养育一方人，这些五谷杂粮正是煎饼的天然原料。

做煎饼，工具很简单，一磨一鏊而已，极不起眼的物件，却大有来头，清代蒲松龄的《煎饼赋》："煎饼之制，何代斯兴？磨如胶饧，扒须两歧之势，鏊为鼎足之形。"石磨据说是春秋战国时期鲁班发明的，三足鼎立的鏊子为何人研制，不得而知，寻常之物总会有不寻常之处，煎饼的滋味悠远绵长，可煎饼好吃，磨难推。小的时候，我曾有个伟大的理想，那就是不要推磨。

那时，农村还是大集体。白天，大人们要在田地里耗时光，挣工分、赚口粮，就像我们家，兄弟姐妹五人，都张着嘴等着吃呢，就指望着父母多挣工分了，我是家中的老大，在家里，自然要分担父母的一些家务，诸如刷锅洗碗、照顾好弟妹之类，尤其是需推磨的日子，人口多，推磨特勤，记忆中，似乎天天放完学之后，我都要把头天泡在大缸里的山芋干捞上来，放在扁竹筐里，垫好砧板，斩成碎粒。说到山芋干，在此插上两句。那时候，山芋是主粮，秋后，家家分得成堆的山芋，一时半会吃不完，山芋易腐烂，不好存放，人们就把它刨成片，摆放在田野里晾晒，秋高气爽，不几日就晒干了，白花花的山芋干存放在家里，农人的心就踏实了。民以食为天。

　　鸡叫三遍时，我常被父亲从梦乡里拉起来，抱着一根磨棍，走着无穷无尽的磨道。其实，父母也不忍心，可是没有办法，俗话说放屁也能添风。有时，我在磨道上走着走着就梦起了周公，磨棍就戳着了胡子，此时，父亲就会一声怒喝，一个激灵，睡意暂消，过一会，故技重演。更多的时候，父亲会讲故事为我驱困，有些故事至今不忘。过去，父亲经常挨饿，夏日，他常到田野里铲竹麦草当口粮，把草铲回家，洗净、斩碎，掺着少许粮食上磨推，磨出来的草糊糊碧绿，烙出来的煎饼，又厚又绿，就如一张张厚厚的草皮，吃到肚子里，只为了撑胃，没什么营养，也不抗饿，不过，有的吃就不错了。春天，青黄不接的时候，家中没吃的了，就吃刺槐树的花与叶，有人吃不服，吃后，浑身浮肿。父亲在讲这些故事时，我能明显地感觉到石磨轻了许多，我须加快步伐，才不至于掉磨棍。磨声，在父亲听来，简直比音乐还动听，而我，在呼呼的磨声中梦想着，何时不再推这该死的石磨。

　　而今，石磨静静地闲置在院中，它似乎还梦想着重出江湖吧，可它做梦都不曾想到，我会把它制作成了装饰品，点缀着我们的生活。女儿现已不知石磨为何物，我想她有必要知晓，在五彩缤纷的生活中，回忆能使人清醒，令人脚踏实地。有时候，决定前进方向的，不是铺满鲜花的前途，而是遗落身后的那些艰涩的屐痕。

# 皮衩

冬日，在河边看到有人戴着胶皮手套洗衣物，便会莫名地联想到皮衩，那些有关皮衩的点点滴滴的记忆，又浮在心头。

皮衩与胶皮手套一样，是一种防水的护具，只不过，皮衩的制作粗糙一些，大都用汽车内胎的橡胶皮焊接而成的，样子大体跟现在防化服相仿，不过，笨拙得有些怪异，穿在身上，顿成了怪物，人称"水鬼"，皮衩，不求美观，要的是防水。

说来说去，也只是简单地介绍了一点点皮衩的外形特征，目的想让读者多了解一下它，因为现在尤其是年轻人对皮衩可能感到很陌生，或者根本都不知晓什么是皮衩。

其实，皮衩应该是捕鱼的工具，确切点说是捕鱼的辅助工具，深秋初春，当然还有整个冬季，地冻天寒，遛河风更如刀子，水冰碴般的凉，鱼在冰冷的水里，也似乎感知到了天气的寒冷，都隐匿在水草中，或者破盆烂罐里，有渔人抓住了鱼趋温的习性，便往河里抛了大量的树枝，天冷时，鱼便会游向树枝里，天暖时，水里是鱼的天下，在它的一亩三分地，不是一般的牛，俗话说，斤鱼斗力，人在水中，不凭借着渔具，只能是望鱼兴叹。不过，天凉了，鱼身子僵硬，便会少了天暖时的激情活力，捉鱼相对就容易一些。天冷水寒，皮袄便被渔人寻了出来，随时待命。

冬天，鱼为了越冬，体内储存了大量的油脂，少游动、觅食，肥而鲜。冬天捕鱼的人相对少，物以稀为贵，这些都是渔人的捕鱼动力，常言道，鱼头有火。

小河多在村外，西北风一刮，小河就封凌了，从村里，走来一行人，身背行囊，远远地是几个黑点晃动，到了河滩，放下行囊，从行囊中取出皮袄，换装，袖口要扎实，领口要系紧，整装完毕，还忘不了在腰间系个木棍、鱼篓，穿上皮袄的渔人，那形象真有点宇航员的意思，可惜，村人已送给他们一个雅称：水鬼。

木棍把冰面砸开，"水鬼"便趟进了河里。冬日，是河水的枯水期，一般都不是很深，几人一字排开，挥舞着木棍，噼里啪啦，一阵子夯砸，本来就不怎么游动的鱼，听到响动，为了自保，就更不敢乱动了，正好中了渔人的计谋，在水草密集的地方，双手在水底摸，浑水好摸鱼，双手对扣，鱼便成了掌中之物，放进鱼篓。

这是穿着皮袄摸鱼，摸鱼可以说是人类最原始的捕鱼法，没用任何的工具，勉强说，皮袄也只能算辅助工具。其实，不穿皮袄，照样可以摸到鱼，恐怕人受不了冻，那不叫下河摸鱼了，简直是到河里摸药单子了。

穿皮袄摸鱼而外，穿皮袄撒鱼，也很有趣，撒鱼当然要用撒网，一般都是在深秋，或是初春时，此时，天虽寒冷，河面已没有冰，或少有冰，有冰时，冰坚硬如刀，有时会把撒网割破，河风在夏日，是宜人的，冬天，就变成了锋利的刀片，渔人就要穿上皮袄，穿皮袄撒网，那个笨拙劲，狗熊一般，每念及，不禁想乐。

还有用压网捕鱼，也很有意思。有时，我就想，无论什么东西，就怕人去琢磨，一张网张在一处不动，一只手用竹竿赶压，压杆由两根竹竿组成的，平时并束在一起，用时叉开，一根当把，一根长的，在水底赶压，渔人是把鱼的习性都琢磨透了，竹竿在水底地毯式地赶压时，其实，竹竿很细，鱼只要在竹竿之上，逆向而动，很容易逃脱的，鱼偏偏不如此，而是很配合地跟着水底的竹竿急急往前游，提早奔向渔网。事情就是这么邪性。

　　皮衩，看上去是为了人下河防水，其实，目的就是为了捕鱼。很久没有看到过穿皮衩捕鱼了，偶尔忆起，依旧觉得很新奇。

# 渔网

渔网，捕鱼的工具。

根据不同的捕法，用不同的网，网的种类不少，有撒网、丝网、巴沟网、补漏网等，最常用的也就是撒网、丝网及巴沟网，它们也是我想介绍的。

撒网，应用的最为广泛，品种也是最多，根据网眼的大小，分为九眼网、七眼网、三眼网、二眼网，九眼网网眼最小最密，大小鱼通吃，由于网眼小而密，网线就不能太粗，所以若网着大鱼，就有可能被大鱼破网，二眼网网眼大而疏，专捕大鱼的，不入"眼"鱼都会漏网，捕一条是一条，一般情况下，七眼网与三眼网最常用。

临渊羡鱼，不如退而结网。想捕鱼，先结网。结网一般都在夏日，树阴下，用绳子把起好头的网悬在树下，便于人坐在矮凳上结网，家乡称结网为织网，我也觉得织网比结网听着顺耳，网线缠在梭子上，梭子是竹子制成的，前头呈三角形，后头凹三角形，前头的三角地带是镂空的，仅中间留半截细小的茬子，方便缠绕网线，根据渔网眼的大小，选用不同的梭子，梭子在网眼中穿来穿去，网慢慢地变大，农闲无事，大树底下好乘凉，来牌的来牌，闲聊的闲聊，也有人捧读诸如《说唐》一类的书，听众居然还不少，隔三岔五，不忘着议论两句，织网的手眼心思都在网上，耳朵不妨开个小差，嘴巴偶尔也加入议论的行列，"秦琼，是条汉子"。有人望着他狗尾巴长的网，感叹道，这要织到猴年马月呀！可时间不长，也就是半个月的光景，网就完工了。"眼是懒蛋，手是好汉"。这不，网织好了，有小不愁大。

买来网脚子，铸铁的，纺锤形状，横着接在网上，其作用能使网迅速沉入水底，且随着水底的地势随高就低，用猪血把网浆一遍，以便网不吃水，结实耐用。

一切就绪了，渔人就可以撒网捕鱼了，不会撒网的人，看着渔人撒网，网抛得远，撒得开，落入水中，就像一张巨大的荷叶，轻松自如，不用力似的，看着，摩拳擦掌，也想试一试，及至自己上手，连拢网都不得要领，在渔人的指点下，平时灵活的手，此刻笨拙无比，半天把网收拢好了，站在河边，拉开架势，网是抛进河里了，似乎不是撒网，是掷网，待网入水，整个小荷才露尖尖角，惹得看热闹的人哄堂大笑，自己也跟着笑。

这是在岸上撒网，在小船上撒网，那才是真本领。小船一叶，行在小河中，一人后边摇橹，撒网者立在船头，小船慢慢地行着，碧波荡漾，蓝天白云，映在水中，渔人却无暇顾及这些，眼睛有着鱼鹰一般的锐利，似乎知道哪里有鱼，哪里鱼多，摇橹者也是经验丰富的渔人，两人配合默契，几乎不用语言去交流，就知道如何去行船，船桨入水不动，貌似不动，其实在用暗劲，船身一动，网便撒了出去，根据撒网的方向，缓缓动船桨，或左或右。或前或后，慢慢收网，网快要露出水面时，有鱼在撺掇，岸边，看捕鱼的人，已惊呼不已，仿佛比捕鱼的人还要兴奋，倒是渔人波澜不惊，淡定自如。

巴沟网，单凭着名称，也就知道是一种小网，巴沟、小沟小水小鱼虾，这种网，兜形的网衣，织起来很快，一天工夫也就织成了，木匠特制的架子，网上在架子上，捕鱼时，绑上长长的木棍，就可以捕鱼了，巴沟网逮鱼，没有丁点技术含量，只要你有足够的劲头，巴沟杆足够长，把巴沟网用力抛到小沟里，能抛到对岸更好，快速用力往自己的面前拉，没等小鱼虾反应过来，就落入网中了，往岸上一到，鱼虾活蹦欢跳的，捡进鱼篓，继续巴鱼，看着逮够一餐了，鸣金收兵。

　　有水的地方就有鱼，那时，或许从来都不曾想过，有水会没有鱼，这简直是不可思议的，可那都是老皇历了。现在，整个弄反过来了，有水的地方有鱼都能上纸媒或网媒的头条，三十年河东三十年河西，让我说什么是好呢。

# 灶

过去，乡村没有厨房一说，称厨房为灶房，或锅屋，农人不懂什么是借代，却能稔熟地运用。灶，在农人心底远非生火做饭那么简单，他们对灶的敬重的程度一般人难以想象。

灶，从火从土，用土把火圈住，使火力集中。战国时代，孙膑与庞涓斗智，孙膑用一招增兵减灶，制造战斗伤亡过大的假象，来迷惑庞涓，庞涓果然中计，小小的锅灶，竟成了孙膑手中一枚制胜的棋子。

曹植的七步诗："煮豆燃豆萁，豆在釜中泣。"曹植不动声色地把灶膛的豆草火，釜中的豆，巧妙联系在一起，那把灶膛燃烧的豆秸，一定灼痛了曹丕，曹丕方才撤掉灶膛中的火，曹植心头捏着的那把汗，方可缓缓流下来，苟全性命。

灶，不仅能烧饭充饥，关键时刻还可以燃起人的智慧，难怪农人对灶如此用心，无论生活多么拮据，灶房一定要盖的，哪怕是极其简陋的，农人信奉心到神知，心诚则灵。

灶房盖好了，建灶支锅也是有讲究的，一般锅灶设在灶房的上口，即东边，灶口多是坐南朝北，火口留在哪个方向，往哪个方向烧火都有一定的讲究，可否请方士来点拨一二，我不大清楚，反正建灶垒台，是件极其隆重的大事，是要割肉祭锅的。

锅灶不仅是全家温饱的保障，还是灶王爷的居所。儿时，奶奶烧好饭菜之后，总要在灶台前拨下一星半点，说是孝敬灶王爷的。那时，我就好奇地想，灶膛这么小，还要烧火，灶王爷住哪儿呢，难道他不怕烟熏火燎？为此，我常问奶奶，奶奶立马正色道，不许瞎说，接着便连着吐几口唾液，嘴里念叨着，小孩不懂事之类，于是，我就更加好奇了。

有个传统相声段子，就曾说过这事，说家家都住着灶王爷，怎不见户口簿有他的名呢？虚拟的，农人相信抬头三尺有神灵，他们相信好人总有会好报。

每年除夕夜，都要祭灶，烧纸钱、纸马，摆上年糕糖果，让灶王爷上天言好事，据说灶王爷有本账，你在这一年做了些什么，别以为他人不知道，天知地知灶王爷亦知，多么有趣，农人自己给自己下个套，设个底线，知道世事有所为有所不为。

都知道农人善良、质朴，因为他们心头有个"灶王爷"，而今，灶房称为厨房了，亦没有什么实际意义上的灶台了，好在，煤气灶还沾个灶字的边，有名无实，有聊胜于无，也算是有个传承了。

灶，是用泥土建造的，土加水和泥制成基块，基块晾干之后，用稀泥勾缝连接，垒成方方正正的锅灶，一般两口，大锅煮饭、小锅烧菜，整个锅灶都是泥土垒成的，铁锅坐在灶上，灶里烧的是柴草，都是大自然的馈赠，所以农人最知道感恩天地。

当实际意义的灶台在农人的生活中消失，似乎暗示着与旧的一切割裂了，包括旧的道德规范，在煤气灶为代表的厨房里，有电饭煲、微波炉、电磁炉，每个家什都有一个插头，一个插头对着一个插孔，这些新的规范，要求着新一代的农人，可电总是不能正常供应，这往往让他们挠头，不知如何是好，无所适从，怀恋过去的同时，总有种迷惘的感觉。

# 火叉

　　火叉，不明就里的人，或以为是一种地方小吃，亦未可知。怎么会有如此想法呢？可见在我的潜意识也觉得火叉像一种地方小吃，真是莫名其妙。

　　别说火叉真的与吃食搭边，它是一种烧火的工具，说得准确点，是撩火的工具，长二尺余，铁铸造而成，叉头呈"u"形，叉股的顶头稍稍外撇，叉把有孔，可以安装木头把，方便手握，过去，用柴草烧地锅，烧铁鏊子，柴草潮湿了，不起火，就用火叉撩起柴草，让柴草空松蓄气，柴草便很容易燃烧起来，人类与火打交道到得久矣，熟知了火的脾性，火叉的出现，估计是"烧火史"的里程碑。

　　评书《杨家将》里，烧火姑娘杨排风所用的武器是根烧火棍，其实，就是火叉。杨排风使用的火叉，估计要比寻常人家的火叉要粗大得多，平时，烧火撩火，战时，拎起来便成了可手的兵器，拓展了火叉的用途。其实，家庭过日子，火叉也可当作武器的，母亲烧火做饭时，孩子向母亲讨钱买东西，讨得不耐烦了，举起火叉来吓唬孩子，也是常有的事。

这是火叉发明之初所不曾料及的，是生活中的小插曲，总起来说火叉，总与炊烟、饭菜香紧密联系着；火叉，关乎着温饱，关乎着寻常的小日子。

秋天，玉米成熟的时候，挑选鲜嫩的，拔去玉米的外衣，金黄质感的玉米穗诱人食欲。当然，把鲜嫩的玉米放在锅里加水煮着吃，不是不可以，不过，水煮的玉米，易老，米粒发硬，影响口感，火烧着吃就不同了，火烧熟的玉米，格外得鲜嫩，分外清香。烧玉米的时候，便会用上火叉，一只火叉可以同时烧两只玉米，一个叉股叉一只，手持着火叉，看着叉股上两只金黄灿灿的玉米，心中有言不出的喜悦感，点着柴火，熊熊的火焰映得人满面的红光，就这么远远把叉好的玉米伸进火焰，不住地转动着火叉。不一会工夫，玉米的清香便不胫而走，待玉米呈粒焦煳状，玉米穗差不多就烧光了，搓下烫烫的玉米粒，丢进嘴里，真是唇齿留香。

夏日，到河里摸鱼，多是鲫鱼，巴掌般大小，回家就用火叉叉着烤熟了，打牙祭。而今回忆起来，不觉得残忍，反倒感到有趣。

那时，河水清澈，浅水里长满了水草，碧绿的叶片，开着细小的白花，煞是好看。那里是鱼的乐园，渔网撒到水草上，由于有水草的屏障，对鱼一点威胁都没有，只有下水里去摸，用木棍拍打着水面，鱼听到水面的响动，都隐匿到水草里去了，此时，双手在水草下相对赶着水草，有鱼在手里窜动，说时迟那时快，双手并拢，鱼便被牢牢地攥在手中了，摸到鱼，首先想到的是火叉，而不是上锅煎炒烹炸，不是不想，是少油缺盐，怕腥了锅，那时，有水的地方就有鱼，鱼多的是，没有人会稀罕，比如黑鱼、鲶鱼之类的俗称无鳞的鱼，根本没有人吃。

铁鏊子，是我家乡烙煎饼的工具，清代蒲松龄的《煎饼赋》："煎饼之制，何代斯兴？磨如胶饧，扒须两歧之势，鏊为鼎足之形。"我觉得火叉正是为鼎足之形的铁鏊子而生的，三足而立的铁鏊子，火是在铁鏊的腹中燃烧的，柴草极不易燃烧，要时不时用火叉撩起，儿时，没事就喜欢看奶奶烙煎饼，看着火叉在奶奶手中忽左忽右地摆动，叮当声中，火苗边随之窜了出来，烤焦了鏊子四周的煎饼，奶奶揭煎饼时，由于鏊子四周被火燎到了，四圈煎饼就会碎在鏊子上，奶奶就会用竹制的煎饼刮子打下来，接在手中，焦黄的煎饼碎渣，可做零食吃的，那种香味真不是一般的香，更令人期待的是，火叉把死火（不起火苗的草木灰）打到铁鏊子上方的左右两端，积攒多了，便把山芋埋在死火里烧，死火烧山芋，心急不得，要慢慢地等待，火慢慢地由外及里地烘烤着，因为时间的漫长，烧出来的山芋，不丢失水分，口感甜软异常，堪称美味，百吃不厌。

那时，在放学回家的路上，望着家家户户的袅袅炊烟，就会莫名地想到火叉，满心期待着火叉上能烧着点什么吃的，而今，煤球炉、煤气灶、电饭煲、微波炉……进入寻常百姓家，炊烟，在乡村似乎都成了稀有之物了，火叉早就没人用了，也许早就被当成废品给卖掉了。偶尔，我还会莫名地想到火叉，想到火叉烤玉米、烤鱼，不觉口水满嘴。

第二辑　草垛温情

# 乡野

乡野，总会让我莫名地触联到偏僻、荒蛮、笨拙、原始之类的字眼，怎么会有如此的联想呢？扪心自问，心底隐约闪烁一个词——落后，乡野似乎天生呆萌，对时风缺乏足够的敏感度，它更热衷于对传统的积淀，相对于时新的潮头，乡野似乎是沉潜的深流。孔子曰，礼失求诸野。大约便是最好的注脚。

乡野，我对你的偏见久矣，这是不应该的，怎么说我都是乡野的孩子。莫非生于兹长于兹，总把外边的世界用美好的想象来打扮装点，想象在现实面前，往往会溃不成军，当我被光怪陆离的城市之风吹得头昏脑涨时，回过头来，迎面乡野的清风，我似乎发觉我的心从未远离过乡野。

城乡二元，日中为市，乡野往往隐在城市的身后，流淌在城市大街小巷的风气，无不是时尚的、前卫的，乡野之风似乎便显得有些古旧、局促。其实，这只是事物的表象，任何事物都是多面性的，长短高下都是相对的，较之于城市的纷杂无序，乡野的简单明了，更能让人静，更能让人感觉到做一个自然人的单纯，更能看清自己。

在乡野，你会发现，人活着就是活着，活着乃一切之意义，就是这么简单。生老病死，婚丧嫁娶，而人生之外的意义，似乎都是附着着的，人与人之间的关系，就像山林清风，水波微荡，非以利害为重，求的是心安。乡村一般都不大，一村人，有的就是一个宗姓，有的多姓杂居，一姓或多姓为主体，间杂他姓。村人或有血缘关系，或邻里情分，祖祖辈辈就是如此生活过来的，亲不亲故乡人，这种单纯又千丝万缕的关系，让村庄像一个大家庭。

村人联系最为密切的方式，无外乎婚丧嫁娶，又称红白事，其实，就是生与死的事。在乡村，红白事，人生中的大事，大事总要有仪式感，如此，才庄重，才威严。乡村红白事的仪式，其历可谓久矣，大约从周礼失落到乡野始，历经岁月沧桑变化，旧瓶新酒，香醇浓郁，繁文缛节，无不散发着悠悠古意。

在乡村，人们对生死看得开，因而红白事亦称红白喜事。生，就要婚配，婚配是喜庆的事，喜庆的颜色是大红的，有嫁有娶，娶妻要贴大红双喜，火红的红纸，浓墨的黑字，嫁女需贴鸿喜，谁说乡村愚昧，鸿喜的鸿字，透着厚重文化底蕴，蝉翼般的薄纸远厚过钢筋水泥的城墙。

在我有限的几十年的记忆中，嫁娶的喜事，我经历过多次，其庄重的仪式总夹杂着时代的气息。新娘顶着红盖头，羞答答地端坐花轿中，洞房花烛夜，新浪撩起新娘的红盖头，烛光摇曳……这是影视剧中的镜头，吾生亦晚，无缘亲历，我记忆中的婚礼场面，最早是马车拉新娘，马车上用枣红的草席覆蒙，呈拱形，两端用彩帘遮掩，新娘子就坐在那个狭小的封闭的空间里，前有吹鼓手开道，后有抬嫁妆的送亲队伍，在村道上逶迤而行，远远看过去，蔚为壮观，若恰逢两队新人不期而遇，尚有新娘子争上风的习俗。后来，村里的生产力由牛马升级为"铁牛"（拖拉机），接新娘的工具，便又与时俱进，升级为拖拉机了。

相对红事，白事的变化微乎其微，办白事，仪式感似乎更庄重，白事，家门要贴白纸，白纸黑字，肃穆庄严，逢年过节，族人也不许贴红，要等三年之后，若在乡村，年节时，见谁家门上没有贴春联，就说明这家在守丧。

人咽了气，没了呼吸，生命就画上了句号，丧礼就开始了，孝子披麻戴孝，先去踩路，就是说生者要先给死者蹚蹚路，向土地爷通报一声，在土地爷那儿先给挂个号，通常在十字路口用三片瓦，为土地爷临时搭建一个简陋的办公室，里边用火纸（黄色的草纸）写上"土地爷之位"，孝子在土地爷的办公室绕行三遍，然后烧纸钱。想想，乡人真的很风趣，不是阎王爷是阴间的最高长官吗？怎么孝子偏偏不向阴曹地府的父母官报告，却偏偏跟土地爷打招呼。

孝子蹚路回来，便找族人商议办丧事宜，首先找吹唱班，俗称响器。唢呐一响，音乐不胫而走，瞬间，全村人都听到了，逆着唢呐的声音，大致知道声音的来源，估摸着是谁家有人往生了。喜事也要请吹唱班的，也要吹唢呐，上了岁数的人，竟然能从唢呐的声音中辨别出，是红事还是白事，在我，是听不出来的。

唢呐一阵一阵地在村里回荡着，早有人请来了风水先生，依据着家中成员的属相、生辰八字。以查吉日好下葬，然后，便去公共墓地去勘舆，寻块风水宝地，以福荫后人，若死者膝下多子，灵堂便设在长子家，正堂屋，未入土前，一般不入殓，躺在小床上，用火纸覆面，头前，点起一盏长明灯，竹帘隔门，门前设祭坛，摆上祭品，诸如香火、火纸、酒菜等，供拜祭。

奶奶仙逝时，我尚年幼，尚不知死为何事，奶奶躺在小床上，还没有用火纸敷面，见奶奶面色蜡黄，像是熟睡，我不知害怕，哭喊奶奶，却无法把奶奶从熟睡中唤醒，倒是我的呼喊，让父亲涕泪长流，父亲支起奶奶的袖筒，让我往里看，除了奶奶干枯毫无生气的手臂，空空洞洞的袖口，没发现什么别的，至今我也不明就里，也不知父亲想让看什么。

往生者，一般要躺灵的，年岁越长躺灵的时间便越长，大约是想让老去的人多留在家中几日，这对死者或是无知的，对生者却是一种心理的慰藉，正丧的日子，亲朋好友前来吊唁，这也是丧事的高潮部分，丧俗的礼数也多在此处显现。

丧礼有一套庄重的仪式，礼到仪成，不像现在把礼具化为了金钱，钱到礼就到了，人情味里充满了金属的气息，变味了。

为死者戴孝，都是非常有讲究的，有一定之规，熟知礼俗者，能从所戴的孝辨别出与死者的亲疏关系。子女披麻戴孝，孙子在孝帽上订红线，重孙子孝帽子缝绿线，表亲有里表外表之别，里表白孝带横系腰间，外表白孝带从肩头斜跨腰部，儿媳妇腰系孝绳，孙媳妇身披白大褂，挂客拿着白布条，掖在上衣口袋上，所谓挂客者，如像死者儿媳妇、孙媳妇那边娘家挂带的人……总之，戴孝不是胡乱戴的，里边含着失于野的礼数。

祭拜逝者，亦十分讲究，根据与死者的亲疏关系，祭拜时，有不同种祭拜的礼数，诸如三揖九扣，六揖九扣，九揖九扣，还有二十四拜，俗话说，二十四拜都拜完了，就差一哆嗦，以示功亏一篑的遗憾，二十四拜外加一哆嗦，可谓祭拜大礼。

这些礼节，绝非儿戏，从这些礼数中，可窥测个人的修养及家教家风，门楣的深浅，我年轻时去烧纸，父亲曾教我如何施礼，让我在鸡窝前实习，有板有眼，临行还叮嘱我，祭拜不要急，动作要舒缓，越舒缓越表示庄重，那时，观祭拜的人很多，老少皆有，自然少不了评头论足。

祭拜时，与死者亲近者，要上前垫桌子。什么是垫桌子，这个叫法我也觉得莫名其妙，具体地说，就是祭拜者，一揖一扣之后，叩拜上前，从一"执事"手中接过香、火纸、酒菜等祭品，恭敬地祭拜死者之后，交还给另一边的"执事"，乃一种礼数。

整个祭拜过程，响器不停，这很考验吹唢呐人的功力。

我曾观看过一女婿拜祭老丈人，用二十四拜加一哆嗦的祭拜礼，从祭坛一角开始祭拜——拜四角。那时，黄口小儿一枚，觉得好玩，实在没看出什么名堂来，也没看出最后怎么个哆嗦法，唯听闻年岁长者对其人的夸赞，觉得很神秘，此后，竟然再也没有见过有人施二十四拜之礼。

嫁娶，似乎没有这么繁琐，不过，亦自有其礼数，只不过，灵活许多。过去，一对青年男女对眼了，要订喜日子了，男方要向女方下聘礼。吾乡有小聘、大聘之说，俗称小期、大期。小聘即小期，就是先意思一下，叫当头；大期，便是贵重的彩礼，是擦在脸上的粉，视男方的家庭的财力而论，不拘。

礼尚往来，男方下聘礼，女方自然要有所表示，嫁妆便是，这是人皆共知的事。在此，我说一说吾乡人嫁女的习俗，恕我孤陋，亦不知他处可否也有，叫压箱礼，女孩的父母叔姑舅姨姐妹等直系亲属，给出嫁的女孩压箱底的钱物。

在乡村，婚丧嫁娶都是人生之中的大事。村人之间的维系，似乎与此有着莫大的关联，乡村说小不小，说大又不大，无论大小，都是一个自成体系的小社群，村人除了血缘、亲缘关系而外，人与人之间的关系，礼尚往来，大都体现在婚丧嫁娶上了，是谓邻里情缘。

乡里有男迎娶，俗曰进喜，村人便自觉前去帮忙，请厨子到门，请村中德高望重者当大总，总理喜庆事宜。婚礼前三天，便开始忙活，院前空地，临时搭起厨房大灶，远亲需人前往通知，俗称请客，吹唱班请到家。说到此处，想到前文曾说过，我曾见证婚礼习俗随着时风的变迁，曾说道用拖拉机拉新娘，不久之后，便改为大汽车，而后是小轿车，到现在的豪华车队，还有摄影师来录像。无论外在形式如何变迁，内涵的核心总不变：一拜天地，二拜高堂，夫妻对拜。

白事，似乎更见村人的凝聚力，一个大活人，说没就没了，能让人在繁杂的俗世中有了几分醒悟。平日里，不相往来的，也要来拜祭一番，尤其死人入殓出棺，村人大都会自觉来送一程。抬棺的人，一二喊起，把棺材抬到路口，一二喊落，家人亲朋好友来路祭，摔碎牢盆，牢盆的牢字，足见其古意，一个牢字，似乎承接着祭拜的古礼，或有人以为牢不是监牢吗？这，或许正是孔子哭麟的眼泪流到今天的因由吧。

人间之事，无非生死，生死有大意。

乡野，实不野，乡野有清风。

# 缸

前段时间，回趟老家，见廊檐下排着几只水泥缸，大大的肚子，里面空空如也，不禁感慨系之。

缸，有陶制品、瓷制品，后来又有水泥制品、玻璃制品……在乡村，陶缸，缸体小，盛红小豆、绿豆、黄豆、芝麻之类的小粮食。瓷缸的用途广，据缸体的大小，有盛腌菜的咸菜缸、盛水的水缸、盛粮食的粮食缸。盛粮食的缸，俗称金刚腿子，缸体大，足足能装四百斤余小麦。

小时候，水缸似乎家家必备，都放在院子里，有条件的人家，有缸盖子，通常是木制品，也有用梃子（高粱的梢）穿成的，多数人家是开敞着口的，常有落叶浮在缸水上，缸里的水，多是在河里挑来的。那时，井水很少有人吃，河水是长流的水，甜，不像井水，涩、碱。有时，河里涨水，水浑浊不清，便用劈开的高粱秸夹着块明矾，在缸水里搅一搅。此事，我最喜欢干，有一段时间，就盼望着河里涨水，手攥着高粱秆，把水缸里的水搅得泛着漩涡，极有趣。有时，在外玩渴了，随便推开谁家的大门，跑到院子里，咕咚，咕咚，来一水瓢，家主见了，说，锅里有凉茶（冷开水），不要喝凉水，谁会听从呢？回一个笑脸，夺门而出。

院中，除了水缸，还有咸菜缸，在屋山墙的背阴处。平时，没有客人来，是不动小锅的，吃饭时，便到咸菜缸边，捞咸菜卷煎饼，夏秋时节，饭桌都省了，蹲在院子中，抱着煎饼吃，再喝一瓢凉水，水足饭饱，该干吗干吗去。

那时，屋里是陶缸，是细粮的存放地，像小麦、大米……不知何时起，家里添置了大瓷缸，而今想来，应该是分田到户之后，家里的粮食多了，没有地方存放。父亲还是有点商业意识的，他砍伐了自留田边的树，打了一副加长版的平板车架，做瓷缸的生意，从山东的枣庄一带的缸窑厂拉来瓷缸，到沭阳一带换小麦。

记得那年暑假，我受好奇心驱使，非要跟着父亲去。母亲说，带着给你看车子。父亲纠缠不过，便只好带着我。我右侧面拉着，绳子忽松忽紧，根本就吃不上力。半道上，我的兴奋劲就过了，方才觉得前路好漫长，原来走路也不是那么简单的，父亲只好把我抱到车上。夏日，柏油马路泛着水气，见父亲弓着背拉车，脊背的汗水湿透了小褂。

没两年，大瓷缸就被水泥缸所淘汰，水泥缸，成本低，又大。一只水泥缸所装的粮食是大瓷缸的两倍，就是说一只水泥缸可装小麦八百斤，水泥缸风行的时候，父亲买了四只，装三千余斤的小麦，小菜一碟。

父亲置办这些缸时，是当作祖业货的，他用二号铁丝箍好每一只缸口，以期千秋万代，有了这些大瓷缸、水泥缸，装满了粮食，吃就不用愁了，吃不愁，穿就更不用愁了。有时，父亲感慨着：好日子，都让你们赶上了。

俗话说，十年河东，十年河西。父亲万万没有料到，就像水泥缸淘汰大瓷缸一样，水泥缸的命运比大瓷缸更惨，直接无用武之地，与水缸成了一对难兄难弟，自来水的龙头一拧，水就来了。官出民，民出土。成了老皇历。土地被征收，粮食买着吃。

倒是小巧精致的玻璃缸走进了农家，令人始料未及。过去，只有在电影中偶尔见到，似乎遥不可及。父亲一辈子好花草虫鱼，院中种植花花草草，不起眼的那种，咸菜缸里种满金黄小朵的太阳花。有的，还是在河边挖来的枸杞，种在小陶缸里，已修剪成形，别说，与陶缸很配。屋里的八仙桌上放着养金鱼的玻璃缸，倒是显得不伦不类，不过，大红尾巴金鱼倒是没有什么感觉，悠然地在缸里游着。

# 火盆·烘篮

　　按常理，是秋追赶着冬的，可实际的情况是，冬把秋整个地吞噬了，空余下挂在枝头的红柿，望穿秋水。几只黑色的练鹊，撒在蓝天的背景下，它们的目标便是红通通的柿子，雪花紧接着就在大地上绽放……

　　这幅冬的景象，梦一般，总觉得来自童年的记忆，似乎又无凭无据。事实的情况是，随着冬的到来，火盆、烘篮，这些熟悉得如此陌生的词汇，带霜的落叶般，重重地撞击着我尘封的记忆。

　　火盆，早在秋后，就开始制了，我肯定没有亲手制过，至于，可否亲眼看见，说实话，我也不敢肯定。现在，我来描述火盆的制作，有一点可以肯定，因为我冬日受益于火盆，曾很长一段时间，与其相伴，或因熟而知。

　　粮归仓，草归垛。此时，农人已洞悉，冬已在不远处。于是便在秋冬之交的空闲处，制火盆。院中，挖一盆形的模坑，用黄土掺头发，或麦草，加水和泥，软硬要适中。然后，在模坑厚度均匀地墁上泥。几天后，起出来，在背阴处，阴干晾透，一只火盆就大功告成了，大约类似而今安装好了空调。

交冬数九时，火盆就开始有了用武之地。火盆一般都放在堂屋的中央，草屋土墙，门远没有现在门那么严实，何况那时的门头还留有燕路，以方便燕子出入。因而，大门上要挂一副草栅子，或稻草栅子，或麦草栅子，光线弱弱地从草栅子上漏进屋里。一家人，或有串门的乡邻，围着火盆，木柴的火苗，舔着空气，屋内，热烘烘的。

奶奶戴着老花眼镜，做着针线活，母亲抱着弟弟，与奶奶有一句，没一句地闲话着，谁家的媳妇生了、谁家的猪卖了多少钱……随手添几根木柴，新柴起烟，呛得孩子哭天抹泪。好了、好了，母亲边说边用嘴吹火，火苗起时，烟也散尽了，有串门的人来，客气地让座，话便密了起来，身边的人事，顺带着点评。我喜欢听这样的闲话，闲话不闲，都是些朴素的儒家之道，潜移默化，让我受益终生。

最喜欢晚上，大门关上，火盆里的火似乎比白天更令人欢喜，蓝苗红心，有种言不出的亲切。父亲坐在火盆旁，叼着香烟，烟火明灭，烟雾缭绕，如同父亲所讲的故事，温暖而有味道，说，很久很久以前，一位穷书生在山中得到白胡子老者的赐物（老者因何都是白胡子，这样想，却不敢问），一只小小的纸船，可变大小，当年夏，发大水，书生就用那只宝船救人，救蚂蚁、蝴蝶、蜜蜂……故事很长，好像听了整个冬天，而今想来，与那些家长里短的闲话有异曲同工之妙。

村里有个窑场，烧窑的窑灰，就是小麦草的草灰，父亲在窑场装些回来，夜深了，上床睡觉前，把窑灰实实地压在木柴的余火上，余火慢慢地引燃窑灰，可以烧到天亮不灭。

那时，还没有计划生育，每家的孩子都不少，我们兄妹五人，小孩子尿床，那会儿尿不湿还没发明，又没有烘干机，就用烘篮。烘篮一般用刺条子编制的，半球状，大小与火盆口同，可自己编，也可到集市上买，集市上有的卖，什么规格型号的都有。

尿布尿湿了，洗过之后，或干脆不洗，便放在烘篮上烘烤，这些活多是奶奶来做。夜已经很深了，奶奶还端坐在火盆旁边，在烘篮上翻动着尿布，或是潮湿的裤褂，任凭风在屋外呜呜地刮。说来真有意思，树叶细枝都脱尽了，就剩下无多的树枝，竟能吹得如此得响，轰隆隆，如打雷。其实，冬天的风，很清，月亮也很白，很亮，可无人待见。

我们兄弟仁睡的铺是地铺，一根粗棒在外边拦着，里边铺满了麦草，厚厚的，很软和，没有褥子可铺，奶奶就会在烘篮上烘几块碎布给我们垫在身下，然后，在火盆的温暖下，进入梦乡。

现在，说起来，做梦一般。火盆、烘篮，也只有在梦里，方能见到了，这还得靠运气，不知可否还能梦见那些冬日的场景，唯恐梦中不遇，故作笔录。

草垛

　　草垛是乡村的符号，似乎也是城乡的分水岭。

　　有草垛的地方，就会有村庄，稍微有点沧桑的村庄都会有围堰、有围沟，即便是后来破坏了，根基尚有遗存，凸出的围堰，凹陷的围沟，都成了草垛的根基，家家户户的草垛散落在那里，有点星罗棋布的意味。村里人看惯了，习而不察，偶有外乡人路过，眼睛便会一亮，走了很久很久的路，似乎就是在寻找这样的地方，有庇护、有温暖。

　　草垛林立时，秋就深了，天亦寒了，尤其是到了晚上，行脚的人看到一座座草垛，便有种到"家"的感觉。在草垛根扯些麦草，从玉米秸垛搬来几捆玉米秸，斜靠在草垛上，就是一个"偏厦"，淡淡麦草的清香驱赶着行旅的疲劳，慰藉着心灵。

　　多日以后，主人去草垛扯草，发现草垛旁边的草铺，心底便有数了，知道有人路过，在此露宿，想着是什么样的人，干什么的呢？心底也许会感慨一番，那时，在外露宿是件平常的事，无非是为了讨生活。

　　当村头家家户户都有草垛的时候，土地已经承包到户了。生产队大集体时，草垛都在大场上，每个生产队都有大场，也有的生产队把草垛垛在牛屋院里。那时，私人的草垛都在家门口，垛子也不大，有麦草垛，更多的是青草垛，一夏一秋，薅的青草，晒干，聚集起来，垛起来，青草加工成草面，可以喂猪喂鸡，家中有驴的，就直接扯下来喂驴。

放学后，薅草就是活，有规定的，必须薅满满一粪箕，霸王条款，不得不执行。人矮，背着一粪箕草，远远地望去，不是人在动，是草在动，附近的草薅完了，要跑到很远的地方去薅，人都是成群结队的，有时，看一队队蚂蚁搬食，就会想到，儿时薅草的景象，一群人背着草行在蚰蜒般的小路上，多像成群结队的蚂蚁搬食。

薅回来的草摊在路边，或大场晾晒，早上摊开，晚上拢起，中午去翻动几次，如是者三四天，堆起来捂一捂，俗称上气，再摊开晾晒，草就断气了，不会在还阳了，可以垛起来，柴火不充足时，干青草也可烧的，就是烟大火弱，不禁烧，都说炊烟袅袅，那时远观，尤其是晚上，夕阳的余晖笼罩着村庄。此时，炊烟恰到好处地飘了起来，在村外遥遥地一望，绿树合村烟笼树，美妙极了。其实，近瞧满不是那回事，干青草填在锅腔里，泛不起来火，浓烟滚滚的，呛得人涕泪横流，熏得人眼红似桃，哪里还有什么美感呢？

在垛麦草垛的时候，正是农闲，收的已收，该播种的已下田。垛草垛子，可以说是一种对收获喜悦的享受，是全年的一件大事。有掌大样的，不用出力。其实，垛草垛，对壮劳力来说就是玩，就是一种游戏，干麦草能有多少分量呢？估摸多少草，大概要多大的地基，靠的都是经验，如同大厨烹饪下料的"少许"，垛基初成，便有三人跳上垛基，两端中间各一。拿大样的，看着草垛，不偏不倚。下边的上草，上边的翻草，草垛慢慢长高长大，两头翘，中间鼓，似大船，更像大大的金元宝，草垛落成，摆酒设宴，大吃大喝一顿，一年一季又成了过往。

那时，麦草是牲口的草料，牛马是生产队的生产力，冬闲要加膘。

铡细草、拐豆料，麦草往牛槽一到，浇上一大木桶豆沫水，牛们便用大舌头卷着草，沙沙有声，美美吃着，麦草对牛来说，一定是美味。

冬日天冷，闲人都到牛屋去取暖，走到草垛跟前，便会扯上一抱，谁来谁扯，似乎约定成俗，一来可以为火堆添火，二来可以填鞋暖脚。捉迷藏的时候，草垛又是藏身的好地方。草垛也是青年人谈恋爱好去处，尤其在村头大场上的草垛，人少，俩人往垛根儿一挤，身近了，心似乎也更近了，说了些什么呢，草垛都知道。成群结队的鸡最喜欢草垛，每天都要向草垛报到，有一家人的老母鸡，平时会摞蛋，家人没太在意，一天，老母鸡毫无征兆地没了，主人怀疑被谁偷去了，便在村里一连骂了多日，解解恨，事情也就这么过去了，骂人都是风。没想到，一天，老母鸡从草垛里带来一群小鸡。那时的冬天，总要下几场大雪，下大雪的时候，天地一片白茫茫的，在草垛上清一块地方，插上丝网，或清理一片地方，支起草筛子，捉麻雀，很好玩。

村庄还在，草垛却已不见了踪影，炊烟亦在村头消失了，草垛与炊烟都到哪儿去了？秸秆都被焚烧了，皮之不存毛将焉附，草垛也就无从谈起了，浓烟随风而去，飘到了城市上空，跟城市的"乌烟瘴气"汇合，生成了雾霾，笼罩着城乡。

城乡向来都有着很大差别，不过在这一点上，城乡似乎合拍了，怎么说呢，努力了如许年，终于在此处，缩小了城乡的差别。

# 烟袋

　　农闲的时候，农人们喜欢聚在桥头侃大山、品叶子（烟叶）、比烟袋，这些似乎是农人们的乐趣，嘴里叼着烟嘴，说话抽烟两不误，那份悠闲的姿态，大有万物唯我独尊的意思，这也是农人最得意最自信的时候。

　　铜烟锅、玉烟嘴、竹烟杆、绣花的烟包、玉石的烟坠，看看咱这家伙事，有人把自己的烟袋掂在手中，眼里透着炫光，脸上写满了得意，有人接过烟袋，瞅瞅，掂量掂量，不住地点头，烟袋不错，不知叶子怎样？那还用说，头茬烟，南湖老沙土（种的），晒得崩干，手工搓的，滴了点豆油，你巴一袋尝尝，喷香、有劲。

　　烟袋，可以说是农人的心爱宝物，舍得花时间，也舍得花钱，货郎挑着货担，一边走一边摇着拨浪鼓，咕隆隆，咕隆隆，货郎的广告就先打了出去，待货郎进了村，在四岔路口停了下来，男女老少便围了上来，货担的显眼有一捆竹烟杆，一盒玉烟嘴，一盒铜烟锅，烟袋爱好者便让货郎把拿出玉烟嘴之类拿出来，大家七嘴八舌地品评着，烟嘴玉石的新老，竹烟杆的粗细长短，烟锅的大小，满意者就买一只，不满意者，对货郎说，下趟带些好的来，还怕不给你钱，货郎满脸堆笑，说下次一定满足要求。

男人玩烟袋，女人肯定是支持的，看那漂亮的烟包便可以得到答案。那时，哪个女人家不精通女红呢，都暗使劲，不敢落人之后，烟包上绣各色的图案：一丛竹，竹报平安；干支梅，喜事迎门……烟包系子上串着一块玉石，玉猴、玉白菜之类玩意，都有着吉祥的寓意，说玉器养人、辟邪。据说有人夏天在路边睡觉纳凉，腰里别着一杆烟袋，烟包上是祖辈传下来的玉龙，人睡在路边不起眼，被车碾了，结果人一点事都没有，是烟包上的玉龙保着的，说玉器只能保人一次，故事讲得有鼻子有眼的，如真的一般，让你不得不信。

烟袋，农人总是随身带着的，大都别在腰间，忙里偷闲，从腰间拔出烟袋，烟锅伸进烟包里装满烟，席地而坐，吧嗒吧嗒抽上一阵子，抽烟袋的时候，双眼微眯着，不看天、不看地，目空一切，在缕缕青烟中，人似乎成了神仙，抽完烟一袋烟，起身拍打拍打屁股，尘土飞扬而去，人一下子又从仙境跌回了红尘中，继续干活。

农活永远是干不完的，只要你想干，到处都是活，俗话说，活路活路，有活就有路，有活就能好好活。这就是活，这就是生活，农人都是哲学家，都是诗人，他们用双脚走出一条活路，在大地上用脚印与汗水挥写着质朴的诗行。

农人在河滩拓一片最好的土地，留给烟草，那是他们精神的依附。春天，栽下烟草，浇水、施肥，小心侍弄着，烟草似乎懂得农人的心思，长的格外卖力。夏天，便长有一人多高了，成了不折不扣的"烟树"，杆青叶碧，扇叶般的一片一片的，厚厚的，浓绿欲滴。此时，农人便从地下向上采摘叶片，用两股麻绳编成一排，挂在屋墙上晾晒，晒干之后，收藏起来，备着可以抽上次年新叶子上市。

冬天，农人休整的季节。过去，生活是随着四季的更替，变化着生活的节奏，大雪封门的时候，或串门烤火抽烟闲聊，或去生产队的牛屋院里，那里最聚人气，大家咬着烟管，相互品尝着叶子，比较着谁的叶子好抽，闲话着古今，说着孝道。

　　青烟缕缕，往事悠悠，吸烟有害健康，打印在而今的香烟盒上，不过，香烟销路依旧很畅通，烟袋却很少有人咬着了。

# 风箱

　　一些名词通常多是某一物品的写意，这也是汉语魅力与特色之所在，那些实体的物件消亡了，其代表的字词还活着，让后人从字词中去追溯当年的状态，遐想着当年的情景，这是件很有趣的事情。

　　风箱，基本上要淡出了我们的视线了，估计80后多没见过，其后出生者，眼福相信就更浅了，即便是偶然的机缘碰到了，也只能是对面不相识。我想象不出，没见过风箱的人，面对着风箱二字，会如何揣摩它，想来多是望文生义，风箱，盛放风的箱子，或许由此而生出许多感慨来，慨叹前人的智慧与想象力，居然把风盛放在箱子里，至于风箱的形状，如何把风放出来之类等，这就要去查找资料了。

　　说不定正巧就查找到我的这篇文字，翻阅一通之后，似乎也只是东鳞西爪，恐怕他们要用想象去拼接印象。语境变了，原本简单，一目了然的东西，经过时间一层一层地挂浆，往往面目全非，如同我们今天读《易经》，怎么都不会太易。

　　风箱，木制品，乃木匠用木头扣镶而成，现在的科技手段甚是发达，手工工艺却倒退了，现在的木匠恐怕是制造不出密不透风的风箱了，真是不可思议。实话实说，我没有见过风箱的制作，不过，我使用过风箱，俗称拉风箱，尤其是烧煤炭的时候，必用风箱，有个有趣的现象，我至今都没弄明白，不知因何，乡人把拉风箱喻为溜须拍马，若风箱有知会作何感想呢？俗话说，哪庙没有屈死的鬼。风箱真是躺着也中枪。

风箱大小不一。一般的风箱，高约四十公分，长七八十公分的样子，前脸有把，把固定在风箱杆上的，内构连着"毛头"，榫卯结构，把下面有一圆形风门盖，后推时，风门打开，前拉时，风门闭合，连续推拉，嗒嗒有声，极有节奏感，随着节奏的声响，灶膛里的火苗汹涌起伏，映着烧火人的脸忽明忽暗，而今想来，觉得颇有趣。风力的大小，主要在于风箱里的"毛头"，因何叫"毛头"呢？我想主要是木板四周绗有鸡毛，故名"毛头"，鸡毛磨损殆尽时，风力就会变弱。

当年，风箱在乡村用途很广泛，生活、生产都离不开它。烧水做饭，且不去说它，闭着眼睛，画面便会呈现在目前：奶奶盘坐在小瓦凳上，左手噗嗤噗嗤地推拉着风箱，右手不时地用碳铲子往灶膛里添煤，又用火钩子扒拉着火堆，人心要实，火心要虚，炭火的光亮常在奶奶多皱脸上迷路，以至于灶膛前总见奶奶红光满面。夏收秋忙时，村里，就会有铁匠来村里打铁，镰刀、锄头、铁锹……大风箱就格外引人注目，小徒弟双手抱着风箱把，用力地推拉着，噗嗤噗嗤，炉火冒着蓝光，铁被烧得通红欲燃，似乎随时都会流淌，此时，小徒弟撂下风箱，捡起大锤……农闲之时，走乡串户的手艺人便会来到村上，制锡酒壶的、打银首饰的，风箱是必不可少的道具，还有爆米花的，拉着平板车，风箱亦是必需品……拉风箱的姿态趋同，真想把我所目睹的情景都付与丹青，自知没有那个能耐，好在，我勉强能用文字把它勾画一番。

有时，我会无端想起相关风箱的词语来，诸如歇后语，风箱里的老鼠——两头受气，诸如吾乡人讽喻为溜须拍马的拉风箱，总觉得这些都挨不上，转念一想，有些知识源自生活，出于实践，存在的一定就有它存在的道理，风箱也概莫能外，感情用事，常会不辨是非。

事物的兴衰似乎都有其定数，不过，实物的消失，其气场还在。风箱消失了，风箱里的老鼠，依旧在风箱里两头受气；风箱消失了，拉风箱却大有人在。

# 野渡

野渡一词，总能惹人起乡思。看到它，眼前便会浮现一幅画来，一条野草杂花相随的小径，一头牵着荒村，一头拉着小河，河边一只小舟漫不经心地漂在河湾，一条缆绳拴在岸边的老柳上，懒洋洋蜷曲在岸边，两只船桨空架在舱中，无所事事，一条长篙斜躺在船上，神态悠然，岸边的芦苇围拢过来，像是要把小船给掩藏起来。

怎么可能掩藏得住呢？一群顽皮的孩童，从村中跑出，欢笑声撒满了荒径，直奔河湾，如青蛙一般纷纷往小船上跳，有人解缆，有人撑篙，有人划桨，如此娴熟……小船快速驶向那片野菱，菱叶在秋阳下闪着清亮的光，像镶嵌在水面上的一方碧玉。且不管它，伸手翻动起菱盘摘菱角，边摘边吃，也不管菱角青皮的苦涩，只感到菱肉的脆甜。过完一把吃菱角的瘾之后，接下来的节目是寻刺激。大家齐心合力地左右晃动身子，小船随之也在水面左右摇摆，浪涛渐次向两边波及，一波赶着一波，感觉小船随时都会翻落。每一次起伏，都会不自觉地发出一阵惊呼，大家身子往左倾斜，船就向左翻，说时迟，那时快，在尖叫的刹那，身子

063

又摆向另一侧，如此往返重复，惊险无比，开心有趣。

这是我儿时与小伙伴们常玩耍的游戏。更多的时候，我坐在岸边，看着小船的主人，一对中年夫妇摇船到河里下网逮鱼。网是拦河的丝网，女的摇船，男的蹲在船头放丝网，一道一道的，一放就是十几道。放好丝网后，男人就用小木槌敲打着船帮，女人依旧不紧不慢地划着船。咣——咣，声音悠长，在水面上回荡着，敲船帮的目的是为了惊动鱼，鱼闻声窜动，一不小心，就钻进了丝网的网眼里。就这么，敲着小船在放有丝网的河面来回几趟，便开始收网。看收网，莫名地兴奋，鱼像是接在丝网上似的，也许是在水中挣扎太久了，耗尽了气力，一一挂在网上，老老实实的，缀满网眼。

很早以前，这个河湾是个渡口。夏日的傍晚，河湾也是村人的公众浴场。洗完澡，人们便会坐在河边的柳树下闲聊，自然就会聊起老渡口的故事。

渡口，自然少不了摆渡人，摆渡人就是村上的老刘头。老刘头娶了一位蛮媳妇，说话跟燕子似的，有一双儿女，我们知道，却不知晓这一切都与野渡有关。

老刘头，是个外来户，在村东的土堰边盖起二间茅草房。篱笆小院，是他的安身之所。平日里，他以摆渡为生，四十多了，还是光棍一条，若这样下去，怕是要打一辈子的光棍了，他似乎也有这方面的心理准备，自己吃饱，全家不饿。不曾想，天赐良缘，竟让他娶上了媳妇。

早春的一天，他和往常一样，早早地来到渡口。看到河边的芦苇地躺着一个女人，一动不动。他心里一紧，心想，不会是死了吧？这两年闹饥荒，逃荒要饭的人不少，常有饿死的，他这么想着，人就到了女子身旁。见人是活的，他蹲下身来扶起她，女人果然是被饿昏的。他搀扶着她到他家，锅里是早饭剩下的几只胡萝卜，盛给她吃，又让她躺着在床上休息。就这么，女子就跟了他。

女子是南方人，家乡发大水，她出来乞讨活命。后来，女人跟老刘头生了一对儿女，女人心灵手巧，缝补剪裁都会，常帮着村中的妇人做女红。从此，老刘头便与村里人有了千丝万缕的联系。听说，后来，她南方的儿子辗转打听找到村里，要求女人跟他回去，被村里人恩威并施，赶走了。女人舍不得她眼前的孩子，手心手背都是肉，毕竟头前的孩子都长大成人。

村里人称那个女人叫老蛮子。小时候，我常路过老蛮子家。那时，老蛮子已经很老了，人很和气、善良，就是说话听不大懂。口渴了，到她家找水喝，她都会到锅里舀凉开水给我们喝，有时，她会拿花生给我们吃。

艄公老刘头、老蛮子早已尘归尘土归土了。渡口处，早已架起大桥，河流也只有细细的一脉。不过，野渡依然在我记忆里，成为乡思的触点。

## 篱笆

篱笆，说白了，就是用竹木之类为材料的院子，像这样原生态的墙，大约都活在诗文内、国画里，抑或影视剧中，现实留给它的空间，多是商业化的装点，意在吸人眼球，似乎已偏离了篱笆的初衷。

过去，人们想为自己的住地圈起个私人空间，因为手头没有富余的银子，大家都在一个村落，抬头不见低头见，彼此熟知，相互信任，便拉起了篱笆院，篱笆院的材料，诸如灌木、荆条、竹子等，无需钱买，花点力气，到荒山野岭砍一些扛回来，就可以了。

有钱的大户人家，是不会用篱笆做围墙的，深宅大院，朱门深似海，院落都有若干进，在大院中建个篱笆小院应景，倒是有这个可能，玩的就是情调。俗话说，不怕贼偷，就怕贼惦记，为了防患于未然，院墙就要高大森严，心有所防范，便谈不上信任二字了。

乡村中，茅屋篱笆院，现在怕是很难找到了，只能凭着想象去勾画。低矮的茅屋，竹篱笆的围墙，竹子还是鲜活的翠竹，枝叶茂密，挤挤抗抗簇拥着。院内，一口老井，青石的井台苍苔斑驳，井台边摆着水缸、水盆、提水的陶罐，陶罐的两耳系着麻绳，长长的井绳盘在陶罐边。一条大黄狗趴在院子中间，半闭着眼睛，稍有风吹草动，立马警觉地抬起头来，四处张望，见没有什么可疑迹象，便又把头埋起来。一只芦花公鸡领着一群母鸡，在竹篱笆边上觅食，母鸡卖力地用双爪子刨着竹根，院中的高大的梧桐树上，一对喜鹊叽叽喳喳欢快地叫着，正忙着哺育着小宝宝。几把铁锹有气无力地靠在屋墙上，默默地等待着主人，再不把它们利用起来，怕是要生锈了，主人到哪里去了呢？院落空空洞洞地望着天空发呆……

其实，篱笆院在我的记忆里，不是这样的。我回忆中的篱笆院，多在远离村子的野外，一条小路把它系在村子上，两间茅草屋，杨柳条的篱笆院，柴门里面住着一对老夫妻。院子中留有一条路，在大门与屋门之间，其他的地方都打成畦，种上各种菜蔬，或有人来串门，便坐在路上闲谈，路上摆上一方小木桌，放上白瓷大碗，碗中的茶水飘着袅袅的雾气。那时，好像也没有多少蚊子，放到现在，不被蚊子叮咬得乱跳才怪。

读陶渊明的《桃花源记》时，读到"土地平旷，屋舍俨然，有良田美池桑竹之属"。不知因何，莫名的联想到，那些俨然的屋舍，都是竹篱笆院，我觉得唯有如此，才能贴合五柳先生的心境。五柳，从某种意义上来讲，我觉得也是一圈篱笆墙。

也不知从何时始，篱笆院被文人雅士借了过去，以表达清高、风骨、气度、洒脱、隐逸、安贫乐贱的情怀，篱笆的内涵便增了几分文气。

"应怜屐齿印苍苔，小扣柴扉久不开。春色满园关不住，一枝红杏出墙来。"这首《游园不值》，在我眼前呈现的画面，便是一道风致的篱笆院，屋舍的主人不在，访友吃个闭门羹，好在有一枝出墙的红杏在向客人打招呼。

若院墙不是篱笆扎的，乃青砖围墙，用柴扉自然也不搭，青砖围墙，要有红漆大门，瑞兽衔环，便是敲门无人不应，你也不确定主人可否在家，柴扉篱笆墙就不同了，虽有墙隔却挡不住目光。

篱笆小院，隔人不隔心。

刘禹锡有篇备受世人推崇的铭文《陋室铭》，陋室什么样？铭文中，仅仅用十个字一笔带过，"苔痕上阶绿，草色入帘青"。也就是这十个字，基本上可断定陋室是篱笆的院落。

诗人安贫乐道的高洁的品格，引来不少同道中人，于陋室之中，畅谈古今，抒发心志，腹有诗书气自华，陋室因主人的清雅高洁，自然便格高不俗。

篱笆院落虽然清寒，却含着隐逸之气，透着一种风骨，这是而今商业化的篱笆院无论如何都没有的。

# 老街记忆

　　在我的印象里，老街就像一把丢在地上的破旧镰刀，长街是牛肋般的刀把，短街是锈迹斑斑的刀头，把陈年往事都收割在光阴里，任岁月的风吹雨淋，一副满不在乎的样子。

　　老街又窄又短，奇怪的是，我走了几十年也没有走出来。

　　我第一次看到老街时，法桐树已站在它两旁了，高大挺拔，老街被遮蔽得又阴又暗，给人一种莫名的神秘感。老街到处都是人，男的、女的、老的、少的，卖的、买的、闲逛的，拥挤嘈杂，阳光从树的枝叶间漏下来，撒在群人的身上，明暗斑驳。那是老街逢庙会，庙会要到庙上去，怎么跑老街来了？满脑子的好奇，满眼的新鲜，满心的激动。

　　那次庙会，有几个地方给了我莫名的神秘感。老街南头的一所学校，立在街角的新华书店，老街最北边的一家澡堂，以及澡堂边上的粥棚。多年后，我在老街南头的那所学校读书，常常会无故地把脚印丢到老街，丢了又找，找了又丢，仿佛老街里隐藏着无尽的乐趣。

　　老街的浴室，冬天，常去那里洗澡。

宿舍里，有同学提议去澡堂洗澡，应者众，约好早起。好像一场梦还没做完，便有人叫起床，大家相互督促着穿衣服，推开宿舍门，就与冷风撞个满怀，远天寒星闪闪，一弯明月冷冷地挂在天边，地上是银银的白，那是月光洒在霜冻上的效果图。学校的大门尚未开，越墙而过，夜静悄悄的，杂乱的脚步声，在我们身后响起，不远处村庄里传来的几声鸡啼。步入老街了，才有些许光亮，街边早点摊的灯光，最亮的就是浴室的门头灯，灯光照着污渍黝黑的门帘子，说是门帘子，其实是一床大棉被冒充的，死沉，掀开门帘一角进浴室大门，门边有个买票的窗口。买票，进澡堂，还有一道棉被的门帘，浴室内雾气腾腾，一股言不出的气味，把票给澡堂的师傅，拿着手巾，趿拉着木屐，热水池冒着热气，水池里，空荡无人，全是我们的天下。

从澡堂里出来，天比刚来时似乎更黑了，俗话说，天明一阵黑，街上的人却多了起来，澡堂边上的粥棚里已有人来吃早点，"热粥——"卖粥的师傅突然开着大嗓吆喝了起来，就这一声吆喝，仿佛把老街给叫醒了，老街立马变嘈杂起来了。我们走进粥棚，坐定，师傅飞快地把热粥端到桌上，粥如乳，上撒着几粒油亮亮的黄豆，油条锅冒着青烟，油条在油锅里打着滚，滚一圈胖一圈，黄澄澄的，用筷子夹着，一口下去，松脆喷香，埋下头，转着碗喝粥。粥的主要原料是石磨磨出来的去渣豆汁，香味沁人心脾，像这样好喝的粥，现在是不好找，估计也找不到了。

从粥棚起身，天已大亮，法桐树上的绒球在风中摇晃着，老街上已晃满了人头，匆匆往学校赶，要到出早操的时间了，要点名的。

老街拐弯的地方，也就是镰刀头与刀把的连接点，是一家新华书店，法桐掩映着，坐南朝北，招牌就挂在大门的右侧，白底黑子，有种肃穆感。

其实，新华书店跟老街其他的建筑没有什么两样，青砖灰瓦，因为其内涵，便与众不同了。有空，我总要往那里跑，哪怕是不买书，只是在那里看看，转悠转悠，心里便有中说不出的满足感。

老街的法桐树之间，卖画的人，就地取材，一根绳子拴在两树之间，用夹子把画夹在绳子上，以招徕顾客，一块帆布铺在地上，上面放着旧书、画册。在老街闲逛时，便蹲在书摊前翻看，有自己喜欢的便淘回来。

老街下雨的时候，十分有味道，砂石的路面，被雨水一泡，路面饱满了起来，似乎一下子活了，有了生机，摊子前支起了大黄油纸伞，街上，披蓑衣者有之、披油布者有之、带头蓬者有之，也有打伞的，点缀其间，让人有种恍惚感。

这样的原汁原味的老街，似乎只存留在记忆里，它的烟火气息，也是老街的灵魂，依然活在红尘俗世里，生生不息。

## 拾粪

　　多年父子成兄弟，随着父亲日见年迈，我们爷俩的关系也日益亲密。每次回家，他总会跟我八卦一些他耳闻目睹的趣事，尤其乐意聊自己。其中，那些关于他拾粪的事，让我不时想起，萦怀不已。

　　庄稼一枝花，全靠肥当家。拾粪，一则可以卖给队里赚工分，再者还可以留着给自留地上肥。很长一段岁月里，一年四季，无论寒暑、阴晴雨雪，父亲总是一大早就起来拾粪，我早起去学校上学，在路上常常能看到父亲背着粪箕拾粪的身影，匆匆忙忙地，仿佛去赶一个多大的前程。那时，感觉父亲似乎已经很年长了，而今想来，他那时不过三十出头，而立之年的他，在沉重的生活面前，只能选择老黄牛般地低头拉犁。

　　其实，父亲是个很有生活情调的一个人。他曾在村剧团、公社剧团教人排戏，也就是剧团的导演，喜欢摆弄着花花草草，吹拉弹唱都通，家中的屋山墙上挂有一管洞箫、一把二胡，院中的梧桐树上有好几窝鸽子，鸽子窝是一个个放在枝杈间的陶罐，晨光中，一群鸽子盘旋在屋顶，落叶般款款地落在院中，想想都觉得美不胜收。这些都是他的业余爱好，而后来，这些爱好都让给拾粪了。

如今，古稀之年的父亲，重又捡拾起他那些曾经的爱好。院中，又被花花草草占领了，当然，也给诸如韭菜、芹菜、辣椒之类的蔬菜预留一点点地方。拾粪的事自然也不会落下，其实，他对拾粪从来都没放弃过。

在村里，父亲是硕果仅存的一位"拾粪爱好者"了，似乎也成为大家伙眼中的异类，父亲却依然我行我素。父亲出去拾粪，村里的小字辈们就像看马戏团的小丑，身后常跟着一群好奇的孩童。

现在，村里养猪的极少了，而且少有散养的，不过，养狗的人家多了起来，几乎家家都养狗。一天，一个小伙子碰着父亲拾粪，他跟父亲说，他已经好久没有见人拾粪了，没想到现在还有人拾粪，父亲笑呵呵地回答小伙子，"这不，今天让你开眼了"。

父亲跟我讲这些的时候，是在庭院中。一起听的，还有院中的花草蔬菜，老头子笑眯眯的，甚是得意。突然，他的脸上闪过一丝狡黠，"你知道我为什么喜欢拾粪吗？"仿佛是当着院中花草菜蔬的面在考我。

我望望院中他的那些得意之作，回曰：还用我说吗？不都是为了你的这些宝贝。父亲笑着说：跟我耍小聪明，我跟你说吧，拾粪，是我养生的独门秘方，农村人不像城里人，早晨起来跑步、溜达、锻炼身体，你让我早上起来，背着手溜达，那像什么话。

敢情，拾粪成了父亲锻炼身体的道具了。大出我的意料，亏他老人家想得出来。俗话说，十年河东十年河西。想想，挺有趣的。

## 乡间故事

　　他是第一家在此建房的。后来，在他家的两边陆续也跟着建起了房子，形成了排房。再后来，前后的空地，也都被房屋给占据了，便形成了一个自然村落。

　　村庄就是个小社会，人多心杂，什么样的人都有。他家最先建房时，想的是有个地方住，就地起屋，后来的人，有了他家房了的参照，建房时都垫高了地基，一户看一户，一户比一户的高，不觉就成了弧形，他家就成了弧底。

　　平时，也感觉到什么，尤其在天晴地干的时候，家家户户流出来的脏水，没等聚集到他家门口，就被大地吸收掉了，即便是没吸收完，汇集在他家门前，也会被太阳蒸发掉，就是没被全部晒干，各家的猪到水坑里打几个滚，也能给蘸没了。只是夏季下旺雨时，他家门前便成了水塘。

　　为了不让水淹到家里，没办法，只得拉土垫院子，顺着也把屋里也垫一垫，这样，再下大雨，就不怕了，可以高枕无忧了，出门就见水，屋后人家宅基地高高的，房子也高高的，如坐坐小山，用堪舆家的眼光来看，这叫后有靠，前有照，他也常常这样安慰自己，自家的宅子是风水宝地。

三伏天，他家的门前最热闹。小孩子们都跑来洗澡，打水仗，你泼我，我泼你，嬉笑打骂。他坐在门前看，脸上挂满了笑。有小孩子玩出格了，大点的掐着小的头往水地摁，以此取乐，他就大声呵斥。

有水的地方就有鱼。没事时，他就在水塘边钓鱼玩，别说，真能钓着，鲫鱼、草鱼，不知是自生的，还是从鱼塘里顺着雨水游来的。

冬天，水塘结冰了，引来许多孩子，甚至大人跑冻、抽转悠，近水楼台先得月，他总是第一个到场，溜冰溜得满面红光，热气在头顶直冒，完事就在岸边看其他人玩。晚上，村庄被寂静清寒包围着，他站在冰面上，望着天边的月亮，月亮就像他家门前的晶莹的碎冰。

后来，他用土把门前垫高，想让水四下分流，别老是汇聚在他家门前，就在他开始垫土时，邻居也学着他跟着垫，一个看一个，结果，跟没垫的一样，又回到了原点。

他心里是有想法，骂街的心都有，可没办法，平衡不能被打破。

一年，南方的好友来他家做客，看到门前水塘，跟他说，你有这么好的自然条件，怎么不利用起来呢？

他听从朋友的建议，秋后，门前的水塘干了，他就地起土，把门前挖成像模像样的真正的水塘。邻居们看了，心底都在暗暗地发笑，没人跟着他学，垫高了，可能触及邻居的利益，挖低，与他们何干，就是挖成井，他们也不会问。

他家门前成了真正的水塘，四周插上了丝网，开春，他开始在水塘里养螃蟹。南方的好友常来指导如何喂食，忙活了一夏天，邻居们冷眼看着，想看他能弄出什么幺蛾子，都心照不宣地想看他的笑话。

秋天，出乎所有人的意料，也包括他自己，他养的螃蟹个头大，青背白肚卖相好，好友来收他的螃蟹时，一脸的得意，也大呼意外。那一年，就这样开玩笑似的发了财，若说第一年是碰巧了，第二年，比上年还大发。

到第三年时，邻居们纷纷效仿他，家家门前都挖水塘，一家比一家深，他看在眼里，心中盘算着，这样挖法，他再养蟹肯定没戏了，邻居成堆的土没地放时，他花钱去买，邻居们也乐意，他用土把自家的门前池塘填满垫高。那一年，他用养蟹赚来的钱，翻盖了房子，在门前栽上了银杏树。

现在，他门前的银杏树，每棵树的价值都在万元以上，邻居们也早就跟着栽了银杏树。秋天叶子黄了，过往行人都会驻足，走了还要回头看看，口口相传，知道的人越来越多了。

一天，被一个下乡采风的摄影师捕捉到了镜头里，放到网上，一夜之间成了网红。

# 村口

　　村口，一株老柳，冠盖犹如巨伞，擎起这把巨伞的树干，似乎炭化过，树皮皲裂，沟坎平仄，疙瘩瘤虬。树后有两间简陋的茅草房，是村里唯一的小卖部，无非卖一些针头线脑类的日用杂品，小店与老柳间摆有一条水泥的台子，夏日里，放上一把黑乎乎的陶茶壶，壶边放着一摞大白瓷碗，店后不远处，有一手压井，井边总有打水人的身影。村口地势较高，站在那里，不规则的村子尽收眼底，还有那些东歪西斜的房屋。

　　这不是我想象的场景，而是家乡村口留给我的印象，极深刻。记忆之中的村口，就像而今报纸的娱乐版，那是个八卦的地方，交流小道消息的平台，流言蜚语的传播源。同时，还是家乡父老发泄出气之地，比如谁家发现田里的茄子、辣椒、南瓜之类东西少了，便在村口骂上一阵；再如邻里之间闹矛盾了，就到村口说道说道，路由众人踩，理让大家评。那里的人气很旺，就像是个热门的论坛社区。春夏秋冬，一年四季，哪怕春秋农忙时，毫不夸张地说，许多村民都端着饭碗到村口吃，忙里偷闲，还不忘插上两句。大人们聚来了，家中的狗也跟着来凑热闹，黑的、白的、花的……你追我赶，嬉戏打闹。调皮的孩子援柳而上，俗话说上树不愁，下树刺油，那疙疙瘩瘩的树皮，常把孩子的肚皮刮得道道血痕，他们却总是旧痕未退又添新迹。小伙子在那里或掰手腕，或摔跤，当然少不了喝二两的人。

聚在那里，更多的是侃一些所谓有意思的事。诸如他们有鼻有眼地议论着，村里某干部同谁的老婆在河边芦苇荡怎么着怎么着了，被谁割草时无意中发现的，讲者是满口飞沫，再加上肢体语言，真可谓有声有色。或议论村里小诊所那位年轻"医生"，是村支书的私生子，不然他凭甚就能当上"医生"，活人走进去，死的抬出来，给人打个小针，就能把人给打死。于是，大家都随声附和，也有人提出不同观点，说应是村治保主任的私生子，不相信，你仔细瞅了瞅他的长相、眼神、走路的架势。于是，大家又都啧啧称是，继而有人又提出新的旁证。或聊些野史佚趣，大都是关公战秦琼之类……姑且说之，姑且听之，没有谁去较真。

盛夏农闲的时候，总有好事者去请说书的人来村里说书，地点自然是村口。吃过晚饭之后，太阳也落下山了，说书人把大鼓敲得咚咚响，此时，村里的男女老少都陆续的聚到了村口听书，什么《三侠五义》《杨家将》《薛仁贵征东》之类，从盛夏一直到秋初。当然也得给说书人些报酬，那就是每户至少一碗小麦。

冬天渐渐地近了，村口那株老柳的叶子簌簌飘落，风刮得枝杈呼呼作响。按理说那里该清静了，事实却不然。此时，小商店已用玉米秸围起了院子，当然也把那棵老柳也围了进去。人们不约而同地聚在那里，上了岁数者或斜躺在玉米秸围墙上，或歪靠着柳树晒着太阳，说雅点叫负暄，有一搭没一搭地闲扯。小伙子呢，围着水泥平台玩扑克，输者或顶鞋底，或贴纸条，来牌的没有旁观者多，有时，旁观者看来牌的出牌"屎"，干脆猫着腰伸出手去拽人家的纸牌，嘴里还嘀咕着，应这样出，笨蛋。中年人则坐在一处下象棋，悔来悔去，棋被下得七零八落，一盘棋下到天黑。

　　我的童年就是在这样环境里度过的，觉得好玩，感到有趣，好像没有别的什么感觉，以至于我后来走出了村子，每每回家时，母亲总会说："我到村口叫你爹去。"我去看望发小，也还是那句话，"我到村口给你喊去"。

　　那年，我回去了一趟，一切都变了，有种言不出的陌生感。村口的小店已变作了超市，茅屋变作了三层小洋楼；店前的老柳已不见了踪影，在那儿竖立起一座巨型广告牌，店前人影匆忙。我们是否从一个"村口"走出，又走进了另一个"村口"呢。

第三辑　浮世物语

# 顶针

针线筐里，我最喜欢玩的物什就是顶针。

对现在的孩子们来说，恐怕已没有顶针的概念了。这也难怪，顶针已没有了生存环境，顶针的用途是补补连连，"新三年，旧三年，缝缝补补又三年"已成过去时。以消费为时尚的今天，唯恐服饰撞衫，新买来的衣服，没上身便被埋没衣柜中，也是寻常之事，遑论把衣服穿旧、穿破了。

补丁一词已成了网络名词，也许很少有人去探源它，若干若干若干年之后，补丁或许迷失其本源，亦未可知。做针线活，旧时称女红，手捏针线时，就会想到顶针，一种带在手指上类似戒箍的器具，合金制品，表面布满了麻点，后来才知晓，那些麻点子是为了增加与针的摩擦力，这亦是顶针的含义，抑或是顶针之名的由来。

夏日的槐阴下，奶奶盘坐在蒲墩上，面前放着一只扁圆针线筐，针线筐里永远堆满着凌乱的布片，花花绿绿的，银色的锡箔纸里包着不同型号的钢针，还有各色的线轴、剪子、锥子，当然顶针不可或缺。阳光在树阴而外倾倒着，地上腾起股股岚气，蝉声远远近近吵闹着，时间安静得几乎要静止了，奶奶在针线筐里寻出顶针，带在多皱的手指上，唤我给她穿针引线，奶奶接过后，在稀疏花白的发间蹭了蹭……我趴在筐边，胡乱地扒拉着，不知所以，却总是乐此不疲。

这样的画面，沉积在我的心底已久矣，每在我脑海里呈现，都会让我恍兮惚兮，弄不清楚，到底是真实发生的，还是我想的场景。

衣服可以破旧，补丁可以重叠，可衣服不能不干净，补丁不能不板正，针脚不能不细密匀称，就方画圆，总能恰到好处。当然，这种补丁是不得不为之，不像而今的服饰补丁乃刻意而为，目的是吸引人眼球，不走寻常路，让人掏钱包时麻利。

贪玩的时候，鞋袜（如果有的话）、裤褂总是不禁穿。鞋袜洞穿，爬树时，不小心刮破了裤子，褂袖被书桌磨破了洞，亦不知何时。裤子的后腚多了两个洞眼，针线筐里的碎布片就派上了用场，剪剪裁裁，一块块补丁，在针线补缀下转正入编了，后腚的补丁是块半月，膝盖的补丁是块方田，细细的针脚，密密地走着，是顶针顶着针线在布上不疾不徐地行走着，缝补着岁月的风雨，日子的寒温。行走在路上，装着打着补丁的衣服，或听人说，补丁补的真好，这样的夸奖，曾让我很得意。

顶针，不是永远都待在奶奶的破旧的针线框里，不时有邻人来借用，我最喜欢这事，飞快地跑到针线筐里翻找，满足在大人们的夸奖声中。有时，奶奶找不到顶针了，就会用头发到货郎担上换取，通常我会侧倚在货郎货担上，指点着彩色的泥咕咕，让奶奶找东西给我换。一个鸡蛋，可以换取好几样呢，缝被子的大针、绣花的小针、不同色彩的颜料，若外加一只破旧塑料凉鞋底，可以多给几耳挖子颜料。奶奶拿起顶针，在手指上试一试，或紧或松，货郎就会用手鼓捣一番，顶针的环形是不封闭的，可以随意调整着其尺寸。我玩顶针，喜欢把顶针套在每根手指上，一次，套在大手指上时，取不下来了，心里有种莫名地恐惧，吓得大哭，奶奶把我的小手放在水盆里，我的大拇指才得以解放。

有关顶针的记忆总是零零碎碎的，寒夜一家人围坐火盆，在如豆的油灯下，奶奶用顶针顶着针线补缀衣物，似乎把母亲轻拍怀中孩子的节拍，父亲于火盆中烘烤白果的爆裂声，以及小孩子们的嬉闹声一并缝补了进去。这是冰冷的顶针给我最温暖的记忆了。

那时是清贫的，可省着过日子，还是有滋有味的。我觉得无论何时，节约都是好的习惯，也是良好的生活态度，若说顶针给我什么启示，这或许是吧，顶针，还是一种文学的修辞手法，愿望它的节约属性能能修饰好我们的生活。

# 黄书包

生日的当天，收到女儿寄来的包裹，打开一看，一只军绿色的书包，刹那间，有种言不出的感触。

迄今为止，这是我拥有的第二只黄书包，与我记忆中的那只黄书包跨度了三十余年。三十余年的时光，在两只黄书包之间晃悠着，钟摆般，其中的故事似有若无，嘀嗒着无尽的岁月沧桑的况味。

汉字实在是奇妙，我想这或许取决于国人的思维，黄书包实乃草绿色，你若叫绿书包肯定不伦不类，就像黄瓜、黄大衣，而黄大衣在我的概念里，就是草绿色的军大衣，有这种莫名的对应思维的人，我相信不会是少数，我一直以为，黄书包的流行来源于部队，记得当时，部队经常拉练到我们庄上，驻扎在生产队的牛屋院或社场上，身上常背着的就是黄书包与水壶，战争片里也常出现这样的画面。

上学的时候，做梦都想有一只黄书包，背在身上多神气，这似乎与学好习没有多大关系，那时，书包大都是自己缝制的土布包，只能用手拎着，偶尔有女生用手帕做面料缝制，四周镶有裙边，赏心悦目，更多的是由新旧不一、不同颜色的布拼接而成的。带子长的可背着，跑起来，一颠一颠，拍打着腰部、屁股，有的同学根本就没有书包，那时，课本也少，除语文与数学书而外，好像也没别的什么书，练习簿也少，大都是买白纸自己裁订的。开学伊始，对新书还很爱惜，多用桑皮纸包裹起来，渐渐地纸皮面坏掉了，半个学期下来，书页都卷成了"离子烫"，更有甚者，新课学完了，就撕掉叠面包玩。班上，谁背着黄书包，他的屁股后就会跟着一大帮跟屁虫，能替他背会黄书包，快活无比。

读五年级的那个暑期，我端上来的小杂鱼，母亲用鏊子烤干，然后收集起来，积攒多了之后，拿到集市上去卖，父亲说，用卖烤鱼干的钱给买一只黄书包。秋季开学的时候，我依旧背着土旧的书包上学，曾一度让我很受伤，心里不满又不敢发泄，相信这一切，父母亲都看在了眼里。一天放学后，母亲笑嘻嘻地从她的针线筐里拿出一只崭新的黄书包，那一刻，我连蹦带跳地跑出了家门，从此，我拥有了自己的黄书包。

我依稀记得那只黄书包，四四方方的，大大的书包盖上缝有一颗红五星，包盖与书包面上各订两条布带子，书籍簿本装在包里，布条一系，绝对地安全舒适。黄书包斜挎在肩上，走起路来格外带劲，仿佛背着黄书包，知识就能自动跑到自己的脑袋里，那只黄书包一只跟着我读到高三，它不但装过书籍簿本，还装过煎饼咸菜，它的夹层还隐秘着我青涩初恋的故事……那只黄书包不知刷洗几多遍，颜色剥落地发了白，起了毛，两角都有了破洞，母亲用帆布在里边做了补丁，最后，我竟然不知道，它如何消失在我的生活中的，只留下几缕淡淡的回忆。

黄书包，不经意间，我参与了这一时代符号的勾画。书包，顾名可思义，那是盛放知识的地方，在那个轰轰烈烈的时代，我只是个旁观者，心智尚不成熟，就凭我有限的记忆，在乡村，知识还是让人们尊敬的，在乡村称先生者，都会让人高看，红白喜事写帖子，写账簿。春节时，替人家写春联，自留田纠纷时，帮人家丈量土地尺寸，算地亩……知识可以改变命运。

　　商业化的而今，黄书包突然变成了时尚，除了成功的商业运作而外，我想似乎还有别的内在的东西在起作用，也许怀旧是一种因素，肯定不是唯一的，因为喜欢时尚的都是青年人，而80后、90后，对黄书包是没有什么特殊记忆的，那到底为何呢？我私下揣度，时下，读书的意义被严重地扭曲了，也许让黄书包去唤醒被利益熏迷的心，不要唯利是"途"，抬起眼来，看看高远的蓝天。

# 针锥子

锥子，又称针锥。吾乡有一歇后语：上鞋不用锥子——针管（真管）。真管是方言，大意于普通话的厉害，但内涵更丰，更有意味，所以我对翻译作品一向存有疑虑，总觉得有些"隔"，正如我写锥子，若没有见过，或亲历者，也只能跟着我就方画圆，知其大概。其实，人们知道锥子与否，好像也没有什么实质的用处，不过，倘能引起人们怀念手工的时代，放缓一下急促的脚步，也算是如我所愿了。

说到锥子，也许会有为数不少的人感到陌生，若说千层底的布鞋，相信知晓的人不在少数。几年前，曾流行一首歌《中国娃》，歌词有这样的句子，"最爱穿的鞋是妈妈纳的千层底"。千层底被词作者打上了中华文化的符号，而今，能穿上妈妈纳的千层底布鞋的人，恐怕是寥寥无几了，会做能做手工千层底布鞋的人，估计都是一把年纪的人了。看来，千层底或许真的成为一种中华文明的符号，亦未可知。

千层底是慢生活的产物，在"秒杀"的时代，日新月异都显得有些蜗牛了，有时，我就想生活的质量与快慢似乎是成反比的，因何还要盲目地追求着快呢？速度足以让人变形，快得几乎把灵魂都丢了，成了不折不扣的"走兽"，不疾不徐的生活，才是常态，这就是人为什么用两条腿走路。

过去在乡村，农闲的时候，大姑娘小媳妇们喜欢扎堆做针线活。夏日，你若见到风凉水便的堰头树阴下围坐一堆妇人，不用问了，她们一定在那里纳凉做针线呢，顺便也把东家长西家短也缝补了进去，每念及，眼前总会浮现一幅幅温馨的画面。

浓阴一团，知了在枝叶间不厌其烦地练习着同一支曲子，日光如瀑，夏日的乡村宁静得如一泓无澜的湖，妇人们或坐矮凳，或坐高椅，或排座于小绳床上，或干脆席地而坐……针线筐随意摆放着，各有所属，似乎无惧烈日炎炎，有人撩起裤筒，裸露出藕节般的小腿，在这玉洁的小腿上搓麻绳，细细的麻绳在手腿之间抖动着，瓜须般打着卷，一条条细细的麻绳就这么诞生了，这条条细细的麻绳备下来做纳鞋底之用，纳鞋底时，穿针引线之后，针锥就大显身手了，号称千层的厚厚鞋底，单凭一根细细的针是无法穿透的，需要用针锥扎眼，右手握住针锥，用力穿透鞋底，针眼可不是随便扎的，鞋底要纳成什么样的图形，心里早都有了数，针线在若有似无的针眼里穿插，针来线往，动作舒展优美，如舒水袖一般，若让刘旦宅来画，想来会别有情趣。

针锥对于纳鞋底来说，大有开疆破土的作用，它在针奁中可谓庞然大物。针锥通常有两种，一种是把钢针固定在木把上的，针锥的钢针一般都很粗大，这种针锥是上鞋帮用的；一种是活动的，活动的针锥，有三个部分组成的，除钢针与木把而外，多了两片铁楔子，这两片铁楔子中有小孔槽，可放大小不同型号的钢针。我常见奶奶换针，对于那套简单的程序，不思量，自难忘，用小铁锤轻轻地颠着针锥把，以便让铁楔子松动，小心翼翼地把针去下来，卸下铁楔子，换上所需的钢针，有时，针细了就夹层碎布片，有时，还会嚼上几颗大盐粒，当时，不明何故，我曾问及奶奶，奶奶说是她妈妈教的。后来，我猜测，盐可以让铁撰子生锈，以达到固定针的目的，如果用科学的眼光来看，无疑是不可思议的事，但此法却能代代传承下来，同样也是不可思议的。

生存是需要空间的。而今，针锥似乎已没有了多大的生存空间了，能穿千层底布鞋的人，无疑是幸福的，有时，我就想穿千层底布鞋乘地铁，应该不是一件矛盾的事。

# 芭蕉扇

丰子恺有幅极有趣的漫画：一可爱顽童双手各执一把芭蕉扇前后错开，夹在腿中间，作骑车状。让人忍俊不禁。漫画的标题《瞻瞻底车》。我觉得这幅漫画不像是丰子恺想象出来的，芭蕉扇是他热衷的素材，他的不少漫画都让芭蕉扇登场。芭蕉扇，在丰子恺的画笔下，散放着温馨的情感。

丝绢的团扇，扇面绣着花鸟人物，佳人纤手轻执，或踏青扑蝶，或掩面遮羞，或翕动香风，如此之类的仕女图，见得不少，雅得没半点烟火之气，觉得离自己太远，波澜不惊。折扇，一度曾让我痴迷，那都归功于武侠影视剧，风度翩翩的大侠手持折扇，文质彬彬，行走江湖，路见不平，手中把玩的折扇顿时便成了武器，想方设法弄一把，感觉自己就是大侠了，及至甩开折扇，扇面的彩纸实在是太薄，扇条的竹骨太过脆弱，简直是不堪一击，还是芭蕉扇来得实在。

芭蕉扇，俗称蒲扇。我始终以为是芭蕉树的叶片，可是孤陋的我至今都没有见过芭蕉树是啥样。不过，这并不妨碍我这么想，也不知是何时何人发现的，我猜想或许是游历南方的北方人发现的，北人到了南方，难耐炎热，在芭蕉树下避暑，风来叶摇，芭蕉叶这么一摇，就把北人灵感给摇来了。

有时，对某些事物胡思乱想，也是一件很有趣的事。芭蕉扇一经我这么遐想，便有了马氏版本的渊源。其实，俗称蒲扇的芭蕉扇是被父亲从集市上买来，为了经久耐用，奶奶用碎布条沿上边，随手丢在身边，便可随时取用了。

儿时，蒲扇拿在手中，却不会摇，而今想来，不是不会摇，是力气太过小，阻力太大。但喜欢给别人扇，闲时，心血来潮，给父亲扇凉，连蹦带跳扇不了两下，就没了气力。更多的时候，夏夜，躺在院中的大床上，父亲不紧不慢地为我扇凉，讲《西游记》，唐僧师徒四人西天取经路遇火焰山，孙悟空去铁扇公主那里去借芭蕉扇……从此，便记住了那把可大可小威力无比的芭蕉扇。某天，看电视剧《西游记》，见铁扇公主的芭蕉扇，完全不是我的想象，失望至极。

扇子的作用是扇风，扇风不独为了祛暑凉快。孩童哪知什么叫炎凉，芭蕉扇也就是一种玩具，忽而心血来潮，拿起芭蕉扇对着什么都扇，纸片、树叶、花瓣……纸片在扇风里，上卜翻飞，左右盘旋，纸片映在眼底，快乐便在心底绽放了。有时，生煤球炉，炉火缺氧，木柴就会冒浓烟，呛人，便会摸把蒲扇对着炉口一个劲猛扇，烟慢慢地变稀薄了，蓝色的火苗顺着煤球的孔眼钻了出来，眼见长长的火舌，提扇四顾，一脸的得意，也顾不得满脸黑黑的炭灰。

读书之时，了解了一些物理知识，想想用扇子扇风凉快，实在不是一件很科学的事，能量是守恒的，一旦停止手中的扇子，便会感觉到更热，看来，用扇子祛暑亦不过是权宜之计，于是乎，便自觉聪明地弃用了扇子。

成年后，有了女儿，女儿似乎对芭蕉扇也很感兴趣，总是拿着胡乱地扇。傍晚，我躺在躺椅上纳凉，常有蚊子骚扰，便叫过女儿来用扇子驱蚊，为了提高女儿的积极性，赶蚊子，给钱，不过，我用个先决条件，若我被蚊子偷袭了，扇子就白扇了，女儿似乎并不计较这些，笑嘎嘎地扇她的扇子。

过去，夏日农闲时，在河边、堰头的树阴下，纳凉的人成群，咬着烟管，摇着芭蕉扇，有一句没一句闲话着，而今想来，那把芭蕉扇实在不过是一种摆设，那种温馨的气氛隔着如许的光阴，依然能够感受得到，分外清晰。

现在，绢扇、纸扇、折扇大多成了工艺品，芭蕉扇似乎还是以本色示人，不过，被空调挤兑地几无立锥之地了，不是为了说芭蕉扇好，去贬损空调，实话实说，空调就是少人情味，哪怕是小辈孝敬老人的。

空调功能太过单一，不像芭蕉扇，除了扇凉而外，还有着诸多诸如我文字中的功用，文章要结尾时，忽又想丰先生那幅有趣的漫画，怎么会感到如此地亲切呢，我给自己的答案是，说不定，我儿时也做过用芭蕉扇拟作脚踏车的把戏。

## 捣衣棰

捣衣棰，其实就是一根可手的木棍，最多亦不过是把木棍的一端斫扁，打磨光滑，长约尺二，关键是拿着可手，看着顺眼，当然能悦目更佳。

别小瞧这根短小的木棍，几成农耕文明的符号，多少文人墨客或直接或间接地吟咏它，"长安一片月，万户捣衣声"（李白），"玉户帘中卷不去，捣衣砧上拂还来"（张若虚）诸如这般耳熟能详的诗，更有直接描绘捣衣的场景的诗句，"檐高砧响发，楹长杵声哀。微芳起两袖，轻汗染双额"（谢惠连）。捣衣自然要用捣衣棰，古代的捣衣棰长的啥模样，从诗文中可窥测，跟现在的应该差不多，看来，文明的进步多是化繁为简，去芜求精，捣衣棰简得不能再简了，自然就无需费力化简为繁了。

古时，捣衣似乎不分郭野，好像也不完全像现在等同于洗衣。农耕时代，自给自足，布帛都是自织的，缝制也多是自己缝制，布帛在剪裁之前，需要用捣衣棰敲砸敲砸使之易剪裁，否则，李白的"长安一片月，万户捣衣声"就令人费解了。清代王拯《媭砧课诵图序》有这样的文字，

094

"树根安二巨石：一姊氏捣衣以为砧，一使拯坐而读"。王拯的姐姐一边在砧上捣衣，一边监督其弟读书，估计捣的就是布匹。王拯的那幅"课诵图"，我没见过，若能见到实图，便可看到清朝时的捣衣棰的样子了。

这些都是知识。

其实，在我的生活常识里，捣衣棰就是洗衣的工具，它出现的地方，总要有一口水井，一条小河，或一脉小溪，一定还会有块光滑的石板，或大或小。

晨曦穿透小河边的一排杨柳，洒落在河面上，水波潋滟，闪闪地泛着金光。一位姑娘挽起裤管，裸出藕节般的小腿，赤脚没入水中，影子映在水里，随波荡漾，忽长忽短，姑娘从竹篮子里拿出衣服，取出捣衣棰，把衣服在河水中浸泡一下，提出来，抛在石板上，撒上洗衣粉，之后，拾起捣衣棰，反复地敲打着，空寂的河边，顿时回荡着"砰、砰"捣衣声，隐在树枝间的鸟雀扑棱棱起身飞去，遗两声鸟啼，似乎是表达着不满。

说到捣衣棰，我的眼前总会对应着如此的画面，当然，还有村姑挽着竹篮，竹篮里放着五颜六色的衣物，衣物上压着醒目的捣衣棰，或干脆把捣衣棰攥在手里，风摆杨柳般地行走在通往小河的小径上，夹径桃红柳绿，道边草尖缀着晶莹的珠露，姑娘嘴里似乎还哼着动听的小调，缕缕阳光洒在姑娘的脸上，又被弹了回来，空气里弥漫着迷人的清香。

劳动是最美的。捣衣棰的起起落落，衣服便焕然一新了，洗得干干净净的衣服，晾晒在两树之间的绳上，似乎立马鲜活了起来，给人有种化陈腐为神奇的感觉，看着，神清气爽，顿觉生活神奇与美好。

捣衣棰，只有遇到清冽的水，光洁的石板，才会变得有意义，光洁的石板，不缺，清冽的水就不那么遂人愿了，尤其在当今。

有人说，捣衣棰的式微，是因为洗衣机的问世，我觉得这只是问题的表面。

随着自然环境的不断恶化，多少原本清冽的河水，变得发黑发臭，路过都会令人掩鼻。俗话说，大河无水小河干。水是相通的，过去村庄多是逐水而建，村里都会打几眼井，河水清，井水冽。洗衣服，有时也会汲井水，在井口旁放一块光滑的石砧，捣衣棰就会有用武之地，河水臭了，乡村的井越掘越深，水质却越来越差，更何况生活的节奏加块，没有多少人有那份悠闲心情去享受捣衣棰了。

　　不过，我总觉得捣衣棰不会从我们的生活中消失，快节奏的生活状态，不是生活的常态，而捣衣棰所象征着简单的闲适的亲近自然的生活状态，正是人们所向往的，或曰返璞归真。

# 钩如月

如月的钩，是枚帘钩。

月，有种婉约阴柔之美，这点，帘钩恰好与之神通。"月朦胧，鸟朦胧，帘卷海棠红。"少妇缱绻侧卧，钩起半帘床幄，此时，月华如水般洒落在窗帘上，帘上的海棠花便鲜活了起来，生动了起来。我想若不钩起床帘，料想不会看得如此真切。

其实，帘钩就是慵懒少妇手中的道具。"篆香烧尽，月影下帘钩。"实乃不关帘钩什么事，只不过是拿帘钩来说事。我私下揣度，帘钩一定是位寂寞而美丽的佳人发明的，说不定就是那轮千年月给她带来的灵感，亦未可知。某夜，佳人辗转难眠，便独自在一偌大的后花园中散步，若有所思，又无可名状，偶或抬头，但见空中孤月一轮，薄云相伴左右，系想自己孤枕难眠时，独对四面的垂帘的死寂，忽而动了灵机。从此，世上便有了帘钩。

这当然是我想当然的，帘钩的根源到底如何，我不曾去查找资料，如若翻箱倒柜地去查找资料，其结果令自己大失所望，该是多么无趣，现实与想象，就需要一枚帘钩去钩挂，那个地方有种朦胧的大美。

帘钩，给我太多的想象。记不清在哪儿看到的一幅画，我固执地以为是一幅水墨丹青，一张木制的雕花的大床，银色的帘钩钩起玄色的床帘，顶着红盖头的新嫁娘安静地坐在床上，像团火。

过目，竟未忘。玄色、猩红色太过刺激我的视觉，就像一堆木柴上燃烧着火苗烧在心头，那对帘钩钩起的玄色的床帘，拉开了新嫁娘的新生活……我一向是不会看画的，看不懂，又不想不懂装懂，却又想懂，想拨动点弦外之音，往往就会步出画面的本身，走神，就像有枚帘钩钩起了我思想的帘幕。

我所见过的帘钩，多是普通寻常的，镀金的、镀银的，有的用彩色的皮筋缠绕的，帘钩上系有长长的彩绳，钩上缀有彩穗两条。平时，帘钩垂在床两侧，穗动钩摇，需钩起床帘时，帘钩一拉，床帘便被撩了起来，大床便被钩起了神秘的一角。

儿时，莫名地喜欢往人家的新（婚）房里跑，新（婚）房里，似乎弥漫着某种神秘的气息，而今想来，除了惦念着红漆木箱里的果盒点心而外，就是床两边的帘钩了，帘钩能发出沁人心脾的清香，那是新娘子缝制的香囊系在帘钩上的，随着穗子的摇动，清香不绝如缕，喜欢看钩起床帘时，折叠整齐的花团似锦的大花被，并排的大枕头，目光在帘钩处逡巡，好像要寻出点什么，那里似乎隐藏着一块磁铁，我就成了一粒不折不扣的铁屑。

过去的大木床，俗称面床，在我的记忆中，用花席覆蒙了四面，前门脸用门帘遮挡着。席是用高粱编织的，高粱的篾须有紫色的，有浅黄色的，花纹编织成"卍"字符号，帘钩低垂，窗帘未开，大床里满是东方式的神秘。

最有趣的是滚床。新床上，铺着高粱秸秆、芝麻秸秆、花生的藤秧……别小瞧了那些植物的秸秆，此时，它们都赋予了崭新的寓意，这些寓意，对于当时懵懂的我来说，就等于遮蔽一道床帘，少了帘钩的钩起。

及至岁月赠我以青春的时候，床的样式便五花八门起来了，席梦思、三拿床、折叠床诸如此类，覆蒙席便无用武之地了，自然床帘也式微了，帘钩也遭受了株连，好在，夏季时，需要蚊帐防蚊子，帘钩勉强又重新上岗，但已无往昔的风采与神韵，透明的纱布不拒绝外边的世界，即便是不钩起蚊帐，照样可以"卧看残月上窗纱"。显然，帘钩已不在有务虚的功用，只是实实在在地务着自己的实，白天把蚊帐钩起来，通风，晚上，把帘钩垂下，驱蚊。帘钩的穗子还在，依旧随风摇动着，只是少了床帘，叫它帘钩只是出于一种习惯，有人干脆称之为"蚊帐钩"。

婚房已不再有"帘垂四面"了，空调的普及，哪里还会有"楼上几日春寒"呢，神秘的传统面纱被现代文明之风一层一层吹落，"草色遥看近却无"，但见席梦思上双人大枕头在挑逗着推门而入者的目光，谁会去借那枚传统帘钩，钩起传统的帘幕，"天寒翠袖薄，日暮倚修竹。"诗亦画，我总觉得比裸女更美，更具想象力。

# 木屐

在我还没有接触木屐一词时，只知道木拖鞋，穿木拖鞋走起路来，发出趿拉趿拉的声响，故俗称趿拉板。

趿拉板的趿拉声响起的时候，夏天也就到了。乡村，正是农忙的间隙，即便是玉米、大豆需要锄草了，也不是什么着急的活，农人们趁早凉快扛着铁锄，趿拉着趿拉板，咬着旱烟管下地。小路习常了趿拉板单调的声响，依然故我地卧在乡间，不动声色，任凭趿拉板敲打。

很小的时候，我穿过木拖鞋。木头的鞋底，一道寸余宽帆布带桥跨鞋底两端，铁钉钉牢，一双木拖鞋就制作完成了，简单而实用。年少时，莫名地喜欢戏水，可以这么说，整个夏季的时光差不多是在水里打发掉的，从床上爬起来，就往河边跑，穿着木拖鞋不跟脚，就在手里拎着，木拖鞋是必不可少的玩水道具，岸边，把手中的木拖鞋往河里一抛，能抛多远就抛多远，然后，褪掉裤头，一跃入水，脱鞋就是水上的目标，边游边抬头寻找。在岸上，目标一目了然，可在水中，感觉完全不同了，拖鞋随着水波晃动着，在你身处不远，却视而不见，急得岸边的同伴大

100

呼小叫的，纵身跳入水中助阵，捞到，抓起，用力再抛出去，如此反复，乐此不疲。

堰头的树阴下，常聚满人，走走来来的，走的人，穿上木拖鞋，伸个懒腰，趿拉而去，后来者，把木拖鞋一褪，垫在屁股下，来牌、下象棋、玩369、憋死猫……一任骄阳在树阴外肆虐，倒是知了卖命地为烈阳叫好，蝉声四起，一波更胜一波，彼起此伏，有人玩乏了，又把木拖鞋当枕，在热一阵凉一阵的风中，呼呼睡去。

一直以来，我都以为木拖鞋是夏日的产物，一年冬，父亲带着我去集上的浴室里洗澡，在热气腾腾的浴室里，到处都是零散的木拖鞋的身影，一位老师傅用铁钩子满地钩鞋，把它们聚拢一起，木拖鞋都是同一个型号，我的脚伸进去，幸好有鞋带阻拦，否则，不知要伸到何处呢。木拖鞋在浴室里趿拉着，声音似乎格外地温暖，多年后，每每我忆及浴室的情景时，耳边总会想起木拖鞋的趿拉声。

有一天，我知道俗称趿拉板的木拖鞋，还有个很文艺的学名——木屐，我才留心它，世界的万事万物，都有其根源，貌似简单的东西，无不有着厚重的历史，不可小觑。细究一下小小的木屐，就会让人眼前一亮。

李白的《梦游天姥吟留别》中有"脚着谢公屐，身登青云梯"的诗句，读书时，也没有怎么留意，而今想来，唐朝时，李白就脚着木屐游山玩水了，想着诗仙趿拉着趿拉板在浓阴的山径迂行，我的脑海里便会勾画出一幅诗人"山行图"来，着实有趣。

相传春秋时，介子推曾随晋文公重耳流亡。途中，晋文公又累又饥，介子推便从自己的大腿上割下了一块肉来，给重耳充饥，晋文公得势之后，忆及当年，想重赏介子推，介子推早已隐居山中，晋文公多次召请不至。后来，有人便想出纵火焚山的法子，逼着介子推出山，结果介子推竟抱树而死。晋文公哀叹之余，便用此树为木料做成木屐，穿时慨叹道："悲夫，足下！"激励自己励精图治。

无独有偶，一如木屐，历史有时就是这么幽默，似乎不让人笑出点泪来，就显示不出它的睿智与沧桑。

据说吴王夫差曾给西施造了一条"响屐廊"，成排的陶缸埋在雕梁画栋的长廊下，廊上铺设木板，脚着精美木屐的西施，在长廊翩然起舞，木屐敲击着长廊木板，铿然有声，连佩叮当作响，夫差为之神魂颠倒。夫差的命运就此也就可想而知了。

这两则传闻，主角似乎都是木屐，其实，似是而非，都是在拿木屐说事，不过，从另一侧面可以推断木屐在当时已经出现了。

木屐，在华夏文明中趿拉而来，回响在历史的天空里，我估计在偏远的乡村，一定还有袅袅的余音，虽然琳琅满目的各式塑料拖鞋遍及世面。

# 锁

提起锁，我不由地想起读高中时的一件往事。

那时，我们宿舍住了十几人，锁上只有两把钥匙。那会儿，还没有电子配钥匙这一说。怎么办？最后，有一位同学把锁心取了出来，这样，锁表面看上去完好无损，可只要用手轻轻一拉，锁就开了。

锁，就像田间的稻草人，成了一种摆设。

锁的发明，我总觉得是对人的诚信的某种讽喻。我想发明者的初衷，是想暗示人们一些什么。古人画地为牢，一痕似有若无的圈圈，能禁锢一个活生生的人吗？彼此之间，是用信任来维系着。

记得年少的时候在乡下，几乎家家户户都不锁门，出门随手把门带上就行了。即便有人家落了锁，钥匙也就放在门楣上，这已是公开的秘密了，锁门恐怕也只是怕猪羊破门而入，并非有心想防着谁。有时，有人赶集上店，就嘱托相邻一声，大门一带，拔腿就走了。

俗话说："锁，挡君子，不挡小人。"若是君子，那又何言挡呢？若是小人，防不胜防，锁也未必能挡得住。

锁，而今想来，它的作用似乎是在提醒着人们，人与人之间，千万别忘记了诚信。

# 杆秤

手秤，就是那种木杆秤。老辈人称十六两。

过去，重量计量单位一斤为十六两，故成语有云，半斤八两，而今一斤为十两，成语半斤八两似乎就讲不通了。

这种秤，使用起来轻便、灵活、易携带……细究，此秤还有着深厚的文化内涵，大约早在秦始皇统一度量衡之前，就流行于市面了，也算是国粹吧。俗语云：秤砣虽小压千斤。使用它，用今天时髦的话讲，环保、节能、绿色。

可就是这么好的东西，而今，使用起来却不大顺心。

每有人来买东西，我都会随手摸过手秤。往往此时，总有人很迷惑地问：还用这种秤啊，没有电子秤？

此言一出，话外之意，不言自明。

秤秤人心，看来是老皇历了。何况人心还隔着肚皮呢？

## 收音机的故事

　　收音机，顾名思义，一种收听声音的机子，俗称广播。

　　现在，市面上几乎没有单纯意义上的收音机了，我对收音机的记忆要追溯到 20 世纪七八十年代，一个物件能够长时间地存留在记忆中，一定有与其不可剥离的故事，才不至于被时光的风沙掩埋，我对收音机就是这样，提到收音机总会连带着那些尘封的往事。

　　最初结识的"收音机"，是有线广播，一根裸线串到各家，然后连接到喇叭上，便可以听到广播的内容了，不过，不是全天候的，每天早中晚分时段广播，广播的内容也没得选择，记忆最深刻的就是每次广播开始时，都会播放《东方红》乐曲，高亢洪亮，乐曲声中，可以看到红红的太阳正从村东的杨树林后腾身跃出，草垛上引颈长鸣的大公鸡的影子夸张地落到小院中，似乎要把小院塞满。

　　儿时，好奇心重，常对着那只挂在堂屋门前的喇叭发呆，满脑子的胡思乱想，这么小的喇叭，人怎么能钻进去说话唱歌呢？对神秘的广播有着无以言表的敬畏，对广播敬畏的还有我奶奶，以至于有那么一天，广播里喊我的父亲，让他把收音机送到大队去，当时，奶奶就慌了，不知发生了什么大事，其时正是"文革"时期。

事情是这样的。那时，父亲在大队的宣传队教人演戏，乡人称为排剧，我想当时若父亲有名片的话，一定会印上"导演"俩字，事实也确乎如此，常有村人戏称父亲为马套（导）演。估计是剧团，或剧团里的人，买了一台收音机，被父亲拿了回家，那是我平生第一次见收音机，黑色的，机顶一角有根可长短的天线，银亮亮的，收音机装在黑色的皮包里，长长的带子，斜背在我身上，抵我的膝盖，那是父亲头一天拿回来的，打开电源开关的旋钮，拨动另一旋钮找台，想听说话听说话，想听唱歌听唱歌，我拿着爱不释手，奶奶不让，怕我给弄坏了，赔不起，让父亲挂在屋山墙上，我的眼睛似乎也被挂在了山墙，晚上睡觉时，移到了我的床头，次日，父亲大约没去宣传队，在自家的地里干活，这才有大队部的通知，通知从喇叭里传出来，奶奶的脸顿时就白了，赶紧吩咐我去叫父亲。

这一幕，记忆犹新。直到 80 年代初，我家才拥有一部自己的收音机，那时，已经分田到户，粮食有了，卖了粮食手头便有了些闲钱，有了闲钱自然就会想到改善一下生活，估计父亲一定跟母亲不知商量了多少个晚上，才做出了决定。当时，家里有一台收音机是一件很风光的事，那阵子正流行"三转一响"，收音机就是那"一响"，收音机不是随便卖的，有钱也不一定能够买得到，当时市场还没有放开，想买东西都要到供销社去，有个远亲在公社的供销社当店员，于是，那年秋天，父亲喜滋滋地从集市上拎来了一台收音机，黑色，正方形，高高大大的，有个固定的把儿，方便提着。晚上，扫净小院，洒点水，桌子摆在院中吃晚饭，收音机放在石磨台上，听歌、听说书，邻居也跟着沾光，邻居听着高兴，隔着墙互动，其乐融融。大约听了两三天的样子，收音机似乎出现问题，老跑台。这天，父亲让我去供销社找那个远亲调换收音机。而今想来，其实，那不是收音机有问题，是信号不好。

我到了供销社没有找到称之为婶子的店员，说回邮局家中吃饭去了，我又到邮局，走进邮局的院子，幸好没几家住户，顶头第一家就是她家，其实，就是一个筒子间，一个带着大穿衣镜的大衣柜，将房间一分为二，外间吃饭，里间睡觉，屋子很整洁，尤其是大衣柜上的穿衣镜，把外间映大了一倍，在一个没见过世面的少年眼里，相当震撼。收音机换来了，原来的毛病依旧存在，也只能这样了，不过，并不影响它的风光。

秋后，玉米上场了，晚上要到场上搓玉米，收音机就有了它充分展示的舞台。当时，各家的场是连片的，月光下，整个村庄都沉浸在寂静中，土场上，村人坐在金黄的玉米堆边搓玉米，只有我家的收音机在唱着歌，歌声如月华般弥漫着场面，或有声音远远地传来，找找看，有没有评书，父亲便停下手中的活，慢慢地扭动着收音机的旋钮……

我依稀记得那台收音机的牌子叫海燕。

# 围沟

　　过去，村庄都有围沟，也就是围绕村庄的小河，河水潺缓地流淌着，终年不息。有河自然便有土堤，俗称围堰。围堰长满乔灌杂木，楸槐、杨柳、桑榆……绿树合村水环堤，村庄隐卧其间，稍让想象驰骋一下，夏日傍晚，夕阳透过树丛，洒落在波光粼粼的水中，水波天光，人于堰上小憩，清风拂面，自是暑气全消，或有一群村姑在河边浣衣，说笑打趣，更是妙不可言。

　　当然，这纯属我的臆想。不过，村人无意间所流露出来的现实生活场景，或许比我想象的更要美，亦未可知。美的事物多为他人所感受而不自觉。

　　历来，农人对自然充满敬畏，虽言不出天人合一的大道理，却也能利用自然条件，避害趋利，围沟便是无言的诠释。为了防患于未然，村外围挖有围沟，围沟后筑围墙，村口建有吊桥，以备乱世防土匪，最主要的还是为了排涝防旱灭火灾。

　　村里有大大小小的汪塘若干，汪塘与围沟之间，多有毛细血管般的渠沟相通联，这些渠沟多为自然地形所驱，村人因势利导，沟渠边多为杂树，自生的或人工栽植的，与农舍四围的树木连成一片，屋舍隐没在林木间，所谓点点茅舍是也。笔至此处，禁不住地想到了唐人的诗，"应怜屐齿印苍苔，小扣柴扉久不开。满园春色关不住，一枝红杏出墙来"。"故人具鸡黍，邀我至田家。绿树村边合，青山郭外斜。开轩面场圃，把酒话桑麻。待到重阳日，还来就菊花。"

曾去皖南一带旅游，那里的村舍屋宇，颇有地方特色，此地雨水丰沛，湿气浓重，房屋建有"天井"，四水归堂，肥水不流外人田，让大自然恩赐的雨水，为人所用。

曾在一家饭馆小酌，餐桌便是围着"天井"摆放的，坐在桌前，借着天光，即便是阴雨天，屋内也无需开灯，适时，恰逢落雨，先是零星小雨，在"天井"里跳来跳去的，似为我们这些远客起舞助兴，渐渐雨大了起来，眼前便有了"溜檐飞瀑"的奇观，人坐室内，心在自然，人似乎一下子便沉静了下来，想月明之夜，闲坐于此，月华入室，仰望夜空，星光点点，想来，心底应是无尘吧。

儿时，吾村尚遗留多节断续的围沟、几段遥相呼应的围堰，村里亦有几口大汪，若干小渠，平日里，渠是干渠，抄近道常从干渠中穿行，还有使用至今的东门、北门、南门之类的地名，虽然早就没有什么实际意义上的门了。

每至夏季，下起了旺雨，汪水饱满，沟渠便有了长流的细水，有水就生鱼虾，水草也会随之而至，此时，孩子们便会光着屁股在渠水里戏水、捉鱼捕虾，玩得不亦乐乎。夏天的雨季，村里总要倒几堵土墙，坍塌几间泥墙的茅屋，却鲜有水淹村庄的灾情，村里有大汪蓄着雨水，汪塘储满时，汪水外溢渠里，渠与围沟相通……

乡村的围沟，或许就是后来"日中为市"的护城河吧。城又有城池之谓，城门失火殃及池鱼，建城自然少不了池，少不了给水留些道路。

而今，就拿吾村为例，村庄一天天地盲目扩大，围沟早就填平，村里的大大小小的汪塘已被土掩，盖上了楼房，雨水小时，大地自然吸收，雨水大了，积水不出，慢慢地聚集在村里，房屋便恰在水中央了。所幸的是，现在的建筑都是砖混结构，不怕水泡，更何况还铺了"村村通"的水泥路，对出行也造不成多大的阻隔。

　　这，可否就是人定胜天呢？想想，每至雨季，城乡多被水困，围沟虽已是明日黄花，但围沟意识，也许不应成为历史。

# 井

井，一口或一眼，人们通常如此称谓。我觉得井以口论，仅指事其外形，而用眼相类，方画出它的神韵，令人回味无穷。

井默默地蹲在一处，悄无声息，可它无时无刻不在打量着这个世界。它把雨揽入怀，为雪擦拭泪；它抚慰着千年霜露，清洗着旅人的疲惫；它经历着、海纳着、交汇着、融合着、沉淀着、升华着，春夏之晨，秋冬之夕，袅娜的水雾便在它胸中舒缓吞吐，渐渐散漫，似乎恣意挥写着什么？示意着什么？

井口，总有人砌石垒台。风儿似乎对井台情有独钟，常在它的四周盘旋，带着花草树木的种子，于是，小树在井旁生根发芽，根系饮汲着井水，渐渐地为老井撑起了一把伞，野草杂花在石隙间悄然滋生、繁衍，一簇簇、一丛丛，平平仄仄，犹如老井吟诵的散章。人世之间，似乎没有什么能像井一样，让时间和空间变得如此形象，让那些世事沧桑，变得如此富于诗情画意，可触可感。

小的时候，常常趴在井边，看水中的影子，我用手臂探进井口，井

112

中之人亦伸手相迎，一个地上，一个井下，就这么呼应着，遥遥相对；我把树叶抛向井里，叶片扭动着身子缓缓地飘落下去，水纹漾开，身影在水里晃动着，扭曲着，哈哈镜一般。不知天上的云彩是有意的呢，还是一个不小心掉进来的，却不见擦破摔伤，依然完完整整，洁白如故，鲜活似初。云彩经过了水洗，似乎更加柔和了，清爽了，很受用地漂浮在水面。与云相伴的，尚有树的枝叶，以及枝叶间隐没的鸟儿。那是一幅怎样的妙手丹青呢？

在我的记忆深处，有关挖井，有着太多的回味。懵懂之时，我就喜欢看人挖井。村里通衢之处，抑或村口，似乎是随意的选址。开土动工，人在地上，井在脚下，不一会儿，人便被井吞没了。不过，犹如画龙而未点睛，这睛就是泉眼，泉眼长在土地的深处，人需不断地去挖掘，就这么，井下的人用锹努力地去寻找，井上的人便用泥兜把废料一兜一兜提上来。井越打越深，希望似乎在迷茫中格外清晰，泉眼就在一锹之间，然咫尺天涯，等到井下传开惊喜的连声叫喊——泉眼、泉眼……这眼井就算打成了。不过，井水是需要淘的，吃水的人越多，泉眼越活泛，水越清冽、新鲜。

大约是受打井的启发。曾记得，放学后，成群的少年郎去田野里铲草喂猪，口渴了，便会来到小河边，河水虽然清澈，却不能直接喝，于是，便在河边用铲挖一眼小井，待清清亮亮的水慢慢地渗进来，便探下头去亲吻水面，感觉就像大地捧着的一碗清水，有时水会呛入鼻孔，自然少不了一阵狂咳，之后，便会去寻清新的麦秸，或折一株芦苇……想一想，真让人无限地怀恋。

人类曾逐水而居，井曾拴着多少游子望乡的目光。而今，井似乎远离了我们的视线，成了某种遗物，某种记忆。我不知道井以及井所衍生出来的词汇，将来的命运如何，我只知道，一眼眼、一汪汪涌出清泉的井，将汩汩地滋润我一生的岁月，永不干涸，永不消失。

# 三岔河

三岔河，在村东，在我有记忆时，河口只有两岔，像个大写在大地的"Y"，好长一段时间里，也都没有多想过，两股水道合流一处，因何称之为"三岔河"，村人们都这么叫，亦不知叫了多久。

一个岔口，两条河流，把一块土地分割成了三块，北边河滩是片松林，西边的是芦苇荡，朱边是杂树林，以杨柳、刺槐为主，村子在河西。夏日，松林里，满是纳凉的，打扑克、下象棋、听戏匣子，或有人在河边钓鱼，在树阴下，看人钓鱼，看隔岸的芦苇荡，阳光下，芦苇荡一碧如水，风过留痕，恰如碧波荡漾，声若浪涛，鸟儿似乎闻风而动，扑棱棱从芦苇荡中起飞，像片片被风吹起的落叶，没飘出多远，又落进芦苇荡中……

春天，杂树林便是好的去处。杨穗初成时，可食用，爬树摘杨穗，顺便，折柳枝编帽子，在林子里玩打仗，拧柳笛，亦是保留节目，看谁拧的粗，拧的长，柳笛的粗细短长，其音色声调便各异，粗的声嗡，如牛哞，细者声尖，似夜蝉划空，手捏柳笛吹口吹，直吹得腮酸脑涨，不能罢。初夏之时，洋槐花盛开，穗穗槐花却隐在碧叶间，欲盖弥彰，不知何时，放蜂人一声不响地来了，安营扎寨。

深秋至初冬时节，芦花白了，芦苇荡似乎美到极致。那时，我还欣赏不了那种宁静的素雅之美。好在，那茫茫一派"香雪海"的情景，不觉地储存在了我大脑的沟回里，但凡有风吹草动，心底那片芦苇荡便有显现，听《鸿雁》时，脑海里满是芦苇荡的情景。

有一天，当我对三岔河这个称谓有了疑惑时，松林、杂树林、芦苇荡已经悄然地消失了，河水亦瘦了，都说人瘦就黑，没想到，河水瘦了，也会黑，不知河水先黑后瘦，还是先瘦后变黑的，我把这个疑惑跟伙伴们说了，他们都笑我。后来，答案在我父亲口中得知了，过去，原是三条河的河汊，那条消失的河是分流沂河水的，三岔河东有条飘带状的土地，比两边都洼，便是那条河的河床，父亲小的时候，河已废，成了一条干河，夏季，雨水旺时会有存水，长有水草。

看来，事物的名称大都不是随便叫的，看似不经意的地名，无不隐藏着岁月沧桑的故事。三岔河，看上去只有两岔，那一岔活在名字里。

今年回家乡，一条高速公路似乎凭空而生，宛如一条大河从村东蜿蜒而过，恰好通过河岔口，于岔口下游不远处架起一座大桥，又在大桥边上平地起河，挖出的泥土，把挡住路桥去处的河道垫成路，河便顺理成章地改了道，如此，岔口就被借到了大桥的下游，于是，三岔河便名副其实了。

就像儿时快乐的时光，都沉积在岁月里，似真似幻，沧海桑田，诸多事，是人们无法预料的，一条河隐没了，一体高速路大河一般流过村东，似乎这一切都是偶然，又都是必然，水到渠成，时也，势也。

第四辑　如烟过往

## 烤火

冬天烤火，是件惬意的事。

都说水火无情，在孩子眼里，却十分有爱，小孩子喜欢玩水就不说了，玩火绝不亚于玩水，孩子元气淋漓，又好动，心里根本没有冷字的位置，再冷的天，也不能阻止他们在外边疯，不知是受大人烤火的传染，还是觉得烤火好玩，在家中偷来火柴，伙同玩伴到村外的堰边，树叶被风聚在背风的土坑里，在地头的草垛上扯来麦草、玉米秸，到土堰上寻找干树枝，小孩子也懂得树叶、麦草不禁烧，树枝禁烧，不禁烧的易燃，可以用来引火，禁烧的轻易点不着，需要有软火引着，这些知识都是平时留心得来的。

冬天的风似乎特别敏感，专向有火的地方钻。火柴刚划燃，火苗还没在火柴棍上站稳，风便钻了过来，一舌头舔灭了，伙伴们不约而同地围拢过来，哈着腰，环成一圈挡风的人墙，还没等风明白怎么回事，火柴梗便顶着红红的火苗，一跳一跳的，手舞足蹈的样子，小心翼翼地靠向麦草，一缕青烟从麦草中冒出来，紧接着，火舌舔了过来，一阵雀跃，

118

火似乎受到莫大的鼓舞似的，势头一下子猛烈了起来，哗啦啦地响，还夹杂着噼里啪啦的爆裂声，冷风好像怕火烤，急忙着往后退，形成一圈无形的推力。其实，也就是火力，伙伴们嬉笑着也跟着往后撤，人们常常用熊熊的大火来形容火势，不烤火，你的体会只能是隔靴搔痒。

小孩子烤火，不是为了取暖，图的开心有趣，看着烈烈的红焰，如同飘动的塑料布，青烟顺着火焰边游走，像是丝丝缕缕的飘带，感觉系在脖子上，火焰就是红色的大披风，披起来飞奔，要比哪吒的风火轮厉害多了，柴草在火中燃烧自己，不完全化作青烟，羽毛般草木灰在火焰里飞腾着，旋转着，像是草木灵魂的舞蹈。那堆火，隔着时光的河流，依旧在对岸燃烧着。

儿时，喜欢到河边看"水鬼"摸鱼，跟他们一起烤火。帮着他们捡柴火，还能得到一条小鱼的奖励，很得意。俗话说，鱼头有火。三九隆冬，河流到了枯水期，河里也封凌了，这时，有一群职业摸鱼者，人送外号"水鬼"，开始下河摸鱼，穿着太空服一般的皮袄，腰上拴着一根木棍，一来用于砸冰，再就是棒击水面，吓唬鱼，让鱼老老实实地趴在草丛中不要动，一群孩子在岸边看着"水鬼"下河摸鱼。摸鱼没有单打独斗的，都是三五成群，天寒地冻的野外，只有风打着呼哨在撒野，大地旷远寂静，木棍砸冰的清脆声响穿过风声，在河岸回荡，"水鬼"们摸一段，上岸来烤火，在向阳的河湾，河湾生长着芦苇，捡拾一堆芦柴，点着火。我们跑过去，意不在火堆，直奔鱼篓，逐个看，看谁摸的多，逮的大，或有人喝道，咬着，话音未落便大笑了起来，我们余兴未尽地来到火堆旁，看着他们烤火，看他们嘴里叼着烟，拿起一根芦柴火来点，听他们说笑，有人吩咐我们，捡柴去，谁捡的多，奖励一条鱼。于是，嬉笑着去捡拾柴火，像是在捡拾着天上掉下的馅饼。

冬季，昼短夜长，晚上，孩子们也喜欢在外边玩，有一种方法——讲故事，可以让孩子安安静静地待在家中，守着火盆。

当时，农人喜欢串门，聊聊家长里短，讲讲陈年旧事，打发闲余的时光。堂屋中，摆放着一只火盆，玉米棒、干木柴，禁烧少烟，差不多是火盆的专供，火盆的火苗在黑夜中把夜咬个洞，有火的光亮，无需开灯的，火心要虚，为了让玉米棒充分燃烧，大人常把玉米棒靠成山状，中空，火从里往外燃烧，故事在火光中明明灭灭，所讲的故事多是因果相报的劝善故事，有着火一般的暖意。有时，大人也会在火盆中烧花生、白果，最有趣好玩的是炸玉米，在余烬中埋上玉米粒，一会儿，就听嘭的一声，一粒玉米花跳了出来，还没来得及捡，又是嘭的一声响，接着就嘭嘭嘭一阵乱响，玉米花的香气弥漫了一屋，还有一屋子的欢声笑语。

其实，烤火并非是冬天的专利，麦子上场的时候，虽然是夏天了，太阳落山的时候，天气凉习习的，白天干活出了一身的汗，要下河洗洗澡，上岸时，人都冷得哆嗦，就在河边燃起麦草驱寒，秋天也是，洗澡也要烤火，一般是白天，到地里拔一抱黄豆棵子，在河边点着火，烤完火之后，用褂子当蒲扇，把灰扇跑，留下烧熟的黄豆，捡着吃，有野趣。

听说山里人，盛夏没有水洗澡，以烤火代替，看来，水火真是一对欢喜冤家，想想，觉得挺有意义。

## 补补丁

女孩子们喜欢新潮时尚的破洞"乞丐裤",标新立异。逆着时光之河,追溯到 40 年前,谁没穿过破洞的衣服。

无可奈何花落去,似曾相识燕归来。时尚这玩意,就像盘山路,看似在山里转悠,实则螺旋式的上升。有关带着破洞的衣服,现在时,乃有意为之;过去时,出于无奈的被动,两者之间,隔着一块千行白纳的补丁。

现在,小区里都会放着旧衣回收箱,所谓的旧衣差不多都是新的。而今衣服的面料色彩款式更新得快,买回来没来得及穿,便过时了,衣柜里挤满了各式各样的服饰,在等着她们的主人,买衣服就像堆柴火,总是后来者居上的。这年头,服装真是生不逢时,品类繁多,竞争激烈,谁也别想独领风骚,衣服与人的缘分似乎越来越浅了,想把衣服穿坏,简直是一件不可思议的事。不像过去,人与衣要把日子洞穿,衣服破洞需补补丁,缝补衣服,似乎也是在缝补着清苦的日子。

新三年旧三年,缝缝补补又三年的年月。说起来好似笑谈,想着不免心酸，这种酸涩的滋味，是经过经年风雨的陈酿，有着岁月沧桑的况味。

一件衣服老大穿小了，老二接着，老二穿小了，脱给老三。就这样，随着孩子一年一年地长大，衣服的补丁越来越多，不见孩子长，但见衣服小，人与衣服有种难言的情感。吾乡有句歇后语，袄，袍子改的。指的是俩人吵架时的互怼，撇开言外之意，就字面而言，可以体会到过去人对衣服的态度，天下没有穿不破的衣服，衣服穿破了，补个补丁，衣服便重又获得了新生。

在那些年月里，衣帽鞋袜，就没有不补补丁。

按理说，帽子补补丁的机会应该不多吧，帽子戴在头上，也只在天寒地冻的时候，它才出场，可架不住年年戴，经年的风霜雪雨，便是铁帽子也要锈迹斑斑的，何况是棉布的材质。大人戴着干活，一不小心被树枝刮破了，小孩子在煤油灯下写字，靠得太近，帽子烧个洞也是常有的事，帽子破了，就要补补丁。

补补丁是件技术活，要补得好，补得巧，补得他人看不出来，便是看出来了，却看着舒服，从补补丁上能看出女人的心性脾气，从补丁中，基本上能看出来你是干什么的。

裤子的后屁股有补丁，说明你长期坐着工作，可能是裁缝，或是匠人；两袖胳臂处有补丁，有可能是伏案的老师，或者是学生；双膝处最容易破洞，还有肩头。差不多就是农人了，干农活，蹲下起来，起来蹲下的，膝盖处磨损就厉害，扛锄头、挑担子、扛粮食，都要用到肩头。

鞋子穿破了，也是要补补丁的，补这种补丁，技术含量比补衣服似乎要高一点。一般情况下，鞋底先破，鞋是手工纳的千层底，人的重量要鞋来分担，加之还要负重，千里之行，始于足下，路在鞋底下越走越长，鞋底便越磨越薄，薄到一个石子，一节干树枝，就把鞋底给击穿了，怎么办？这就要给鞋底补补丁，俗称打（鞋）掌子，打掌子要有一

122

种专门的工具，名字就叫鞋掌子，生铁制品，上边状若鞋底，方便把鞋子套进去，在鞋底的中心点连接一根钢钉，钢钉入地以固定鞋掌子，为了让钢钉入地太深，在钢钉的适当的位置设有圆铁片，圆铁片接地面了，钉子便下不去了，用块胶皮补住破洞。

那时，能补的远远不止衣服。陶瓷碗坏了，要补；缸盆坏了，要补；铁锅坏了，要补；簸箕坏了，要补；即便是木扁担坏了，也可以补……术业有专攻，一般来说，这是专业的师傅的活，要有为了省点钱，自己动手的，只是补好了，样子不大美观。

过去，那些术业专攻的师傅下乡揽活，各个行业都有一套传统的吆喝法，这种吆喝不用嗓子，有着不同响器，响器的声响悠悠长长地回荡着，回荡在我童年的记忆里。

补补丁，而今看来，不仅只是给衣物补个洞那么简单，实乃生活的智慧，也是面对困境的一种乐观精神。

## 捕鱼之乐

少年时，一度着迷逮鱼，说不出因由来。

光着屁股时，夏日多雨水，村中的大路成了小溪流，以家中的竹笊篱为捕鱼工具，在水道最窄处，用软泥拦成一道小小的堤坝，坝中间留一豁口，大小如竹笊篱口，手里还不忘拎着一只玻璃罐头瓶，以备盛鱼。

一切就绪后，人跑到一边玩泥水，雨还在不紧不慢地下着，头发被雨水粘在头上，水珠顺着头发往下落，身上一丝不挂，不怕雨淋，也不怕摔倒，泥软软的摔不疼。正玩着，突然想起来逮鱼的事，赶紧跑过来取笊篱，小鱼在竹笊篱里活蹦乱跳，把鱼捉到玻璃罐头瓶子里，看着鱼在瓶中自在地游着，很好玩。

大了，自制搬罾，用搬罾逮鱼。

搬罾者，捕鱼工具也。网面为正方形，四角需要四根棍撑起来，这便给我出了道难题，办法总比困难多，想到大堰上的柳树，拿着砍刀直奔大堰，开始清点每一颗老柳的树杈，平日里不曾留意这方面的事，春天里，爬树折柳条编柳帽、拧柳笛，心中装满了细嫩的柳枝，眼中也就

124

只见柳枝，当时，若留心的话，何须现在一棵树一棵树去寻，做搬罾的柳木棍要粗细匀称，最好是两年生的枝杈，光滑细溜，当目光扫到这样的枝杈，脚下便开始生风，赶紧跑过去，像是有无数人跟着竞争似的。爬上树，骑在树杈上挥舞起砍刀，又怕被人发现，毕竟不是自家的树，心里发虚，找搬罾撑棍的过程，大有火中取栗的快感。

搬罾撑起来之后，尚需用一根相对粗大的木棍当作支撑，并要在支撑棍上拴上一根长长的粗绳，以便把搬罾拉起来，这，大约就是搬罾渔具的因由。

暑假没事，便用自制的搬罾到河里去端鱼，在河边寻一鱼多的地方，把搬罾放入水中，至于怎么知道此处鱼多，这要靠经验与感觉，比如水的回流的地方，或水草密集之处，水草密集的水域，需事先把水草清理出一片来好放搬罾。端鱼一般都会几人一起，网下到水中，人跑到有树阴的地方玩耍，在地上横三竖四画上"棋盘"，开始玩四周、六周、憋死猫、369之类的游戏，每隔一段时间，便去拉一次网，当网快出水的时候，看到鱼儿在水中乱窜，心中便莫名地兴奋，网完全离水，鱼在网中跳动，在阳光中闪着银光，美妙极了。

秋后，上学了，没时间端鱼了，便开始钓鱼，村里谁家的院后有竹林，偷砍一株做鱼竿，在货郎担子上买一团胶丝线，几根钢针，用钢针自制鱼钩，点燃煤油灯，用钳子捏住钢针在火上烧，烧红了再弯成鱼钩，后来，自己钻研出，用车辐条做的钢刀砍制有倒刺的鱼钩，在潮湿的地方挖蚯蚓做鱼饵，养在小盆中，以便使用。

坐在河边，手拿着鱼竿，眼盯着鱼漂，鱼漂的每一次点动，心跳都会加速，当鱼漂沉入水中，鱼线被拉着跑动，那种兴奋劲，无以言表。说时迟那时快，鱼竿一拉，鱼在出水的刹那，抖动的鱼竿，似是心情的大写意。

钓鲶鱼时，要大鱼钩、烧豆虫，鲶鱼上钩爽快，咬着鱼钩就走，最多的一次，我用一条豆虫钓了一陶瓷盆的鲶鱼，而今想来，依然觉得很兴奋。

没事时，喜欢看父亲叉鱼，用鱼叉在河边的潜水泥沙中叉鳖鱼，好像还有口诀，内容忘记了，大约说的是，什么时候在什么样的水域叉鱼之类。有时，也看着别人逮鱼，小船在河里划着，一人划船，一人下丝网，丝网下过之后，就用木槌敲着船帮，咚咚有声，声响穿空，感觉天地间空阔寂寥，静如太古。

有水的地方就有鱼，而今，家乡好像没鱼可捕了，也不知水都流向了何方，何时再能流回来，让我的记忆找到找落点。

# 东门

　　出其东门，美女如云。东门，可谓底蕴丰厚。我要写的东门，是家乡姚庄村的东门，这个坐落在苏北邳州铁富境内的自然村落，似乎也有着绵远的历史，时势机缘。村西的一条悠长的银杏夹道的村路，被世人誉为"时光隧道"而成为知名景点，让家乡这个普通的村庄名声斐然。

　　姚庄村中有许多沿袭下来的旧称，诸如东门、南门、北门、围堰、围沟、北炮台、南炮台、拓路之类等，这些古旧的称谓，让姚庄有了沧桑与厚重，令人发古思之幽情。

　　在我的记忆里，姚庄的东门早已名存实亡，围堰似乎还有些许痕迹，断断续续的，已圈不住村庄的成长了，相反，被挤压到了村内，围沟似有若无地围绕着围墙，不离不弃，仿佛想要证明着什么。围墙与围沟保存最好的段落，便在"东门"的南北两侧。

　　姚庄村里，有两条主要的通衢大道：一条东西的，从东门一直通到村西，现在，已接到村西的"时光隧道"，过去，抵到围墙为止，不知因何，村中有东门、北门、南门，唯独没有西门，其中或隐藏着什么奥秘，

127

有待考查。另一条是南北走向，北门直通南门，两条道在村中交叉。

村东一条河蜿蜒流过，这条河便是发源于鲁南，过境苏北流入大运河的武河，也是姚庄村的自然依靠，河的西岸有条高大的护河土堰，天然地形成了村东的围堰。穿开裆裤的时候，听村中上了岁数的老人讲，很久的从前，东门开设在大堰顶，堰下挖有宽大的围沟，围沟上设有吊桥，当时，河上没有架桥，东门外便是渡口。

我记事时，这一切都烟消云散了，东门只是一个名称的存在，河上已建起了大桥，土堰依旧很高，上桥的土路坡面十分陡峭，想拉重车上桥，非得几个人帮忙才行。堰顶比村子里的最高的屋脊还要高出许多，站在河堰俯视着村庄，房屋低低地伏在树阴里，像一幅铺在地上的水墨写意图。不知因何，我就是觉得与桥面对口的夹堰缺口，就是东门的大门所在。

村人利用高大厚实的土堰，在"东门"两侧不远处，依堰挖掘了两口烧制黑泥陶的瓦窑。瓦窑的边上，都有平坦如砥的大窑场，用于晾晒泥陶的生胚，泥陶多是些日常用品，比如大小不同规格的罐子、盆、水壶、坐墩，等等。

姚庄的手工泥陶制品，在苏鲁一带曾名噪一时，直到而今，仍然充满着勃勃生机，不过，随着时代发展，盆盆罐罐的已不再烧制，大都烧制规格不一、各式各样的花盆、玩具。

小的时候，常见窑场上晾晒窑货，晾晒在窑场上成片的泥酒壶的陶胚，远远地看上去就像落了满场的鸽子，没事时，喜欢看师傅们码放窑货。装窑，把那些泥陶制品装进窑中，是件技术活，如何充分利用有限的空间，如何把不同的泥陶制品合理地码放在一起，尚要留出火路，让火力均匀地传递到每一只泥陶，封窑烧火，更需要专门的技能，烧多大的火，要烧多少天，如何控制火候，全凭着长期积累下来的经验，烧多久之后，开始润窑，润窑者，在窑顶堆土成池，水注入，使水慢慢渗入窑内润湿陶器也。目的是为了让烧出来的泥陶呈青灰色。

东门桥下，乃夏日天然浴场，村人洗澡祛暑的好去处，乡村的民风淳朴，男人们在河里悠然洗澡，女人在桥上匆匆行路，桥上若有女人过往，洗澡的人会不自觉地泡在河中，待路面上没有异性了，上岸穿衣服，或有刚离水面，又见有女人走过来，便纵身入水，或三下五除二赶忙穿上衣服，或听之任之，曾听讲过一个有趣的掌故。

一天，几个男人在河里洗澡，见路上无人，便上岸来准备穿衣服，说说笑笑的，就在此时，突然走过来一位小媳妇，几个男人有些不知所措，下河已来不及了，正尴尬，其中，有一个男的，不知出于何意，随手掐下一片蓖麻叶挡在了私处，孰料这一举动激怒了少妇，大骂此人虚伪龌龊，一时成为村人茶余饭后的笑谈。

而今，高高的土堰，几乎被夷为平地了，瓦窑及窑场早成了村人楼房的地基，通往东门的土路变成宽阔的水泥马路，东门的名字依然被村人叫着。秋后，银杏叶黄时，游人如织，出其东门，美女如云，一点也不假。

## 挤暖与负暄

冬至数九，天气便凛冽了起来，暖，无疑就成了人们心头的向往。

那么，暖藏在何处呢？

我觉得从暖的字面上来破解，似乎可以抠出答案来。暖，从"日"从"援"，日，就是太阳，冬天晒太阳，是不言而喻的事，晒太阳是大白话，说雅点便是负暄。此举，有求于外物，受天气变化的影响，诸如阴雨天，太阳被乌云困起来了，便束手无策了，怎么办呢？只得求"援"了，发挥主观能动性，运动自身以御寒，挤暖就是最好的方法。

秋收冬藏。冬天，正是赋闲的时光，此乃农耕文明积淀的文化基因，十月小阳春，暖暖的冬阳细细地照拂过来，在背风的向阳处，土坡垫背，微眯双目，漫无目的地远望着，若有所思的样子，人淹没在阳光里，闲适清雅，悠然自得，简直是妙不可言。

这种场景，画面里的人物，青壮年无疑是不合时宜的，曾几何时，欣赏古人山水画，画中的人物多为老者，或芒鞋竹杖，或松下展卷，或溪边垂钓……鲜有年少者，疑惑不解，写此文时，似有醍醐灌顶之感，

130

岁月如流，沉静成潭时，一个静字稳坐在深流之上，压得住。年轻人，阅历浅，有活力，活力就是动感，你让一个活力四射的小青年眯起眼睛晒太阳，似乎是在说笑，小青年喜欢挤暖。

有堵墙作为道具，挤暖大戏便可随时上演。天气有点冷，几个小伙子聚在一起玩耍，挤暖游戏是不二的选择，靠墙一溜排好，左边往右边挤，右边往左边挤，这种游戏自由度非常高，天冷，手可袖在袖筒中，用肩膀扛，不像拔河，要赤手攥住绳子拉拽，拔河要分出胜负来，挤暖无需争强，目的只冲着暖，被挤出来了，赶紧排回队尾，随掉随补。玩的时候，自然不会像晒太阳一样，静默不语，倒是像落在干树枝上麻雀，叽叽喳喳，配以挤暖游戏的，还有一首有趣的童谣，"挤、挤、挤棉花，挤淌水，买棉花"。童谣贯穿着整个游戏，佐以嘻哈欢笑，增词加句，临时砸挂，单纯的挤暖游戏，随之丰富了起来，直挤的满面红光，头顶冒白气，内衣粘身，方告一段落。

这种事，儿时没少干，每每想起来，眼前就呈现挤暖的场景。那时，见到屋墙角围着一群老头，或歪躺或斜倚，嘴里咬着一根长长的旱烟袋，阳光打在满是褶皱的脸上，闲话着诸如关公战秦琼之类古今趣事，常让我们这些孩童流连于此，他们的静气竟能让我们这些顽皮好动的孩子，老老实实地待着不动，甚而连饭都不想回家吃。

懂负暄好处者，无疑是冬闲务农事的老农，这也是负暄一词典故的由来。负暄是要有点闲心的，"负暄衡门下"，一杯茶、一本书，都是些不错的道具，清代张潮云，"冬日可读史"，我觉得充满阳光的庭院中，晒着太阳，读读书，未必非要读史书，而今，闲书都少有人读了，遑论经史。

冬天，我喜欢做的事，便是负暄读闲书，随便翻看，或拿着书本发呆，放逐思绪，不由地便会想起儿时挤暖的事，那一幕幕的往事，亦成一册册书页。

## 挑刺

　　一天，女儿买了牛肉干，看着精致的牛皮纸包装，觉得馋人，打开包装，杀杀馋虫，甜的，不对胃口，便跟女儿说，怎么是甜的？

　　回曰：怎么了？别挑刺。

　　我知道，挑刺，就是鸡蛋里挑骨头，故意找碴儿的意思，这是词意的引申，可我听着挑刺一词，逆流溯源，却想到了另一番情景。

　　俗话说，没吃过猪肉，还没见过猪跑吗？而今，怕是吃过猪肉的人不可胜数，未必都见过猪跑，就像挑刺，挑人刺、被人挑，屡见不鲜，那已非本意上的挑刺，真正意义上挑刺的境况，大都被岁月的风沙湮没了。

　　有些词语，随着时代的前行，本意渐渐消失了，比如补丁，原为补衣物上的破洞，原是生活贫困的环境中催生出来的一个词语，世易时移，词意要重新吐芽，韩非子曾讲过一个有趣的故事：一个名叫卜子的人，在集市上买来一块新布，让他老婆给他做一条新裤子，妻子问他，要做什么的？卜子指着身上满是补丁的旧裤子说，照这样做就行，新裤子做

132

好了，卜子面对着满是补丁的新裤子，哭笑不得，死的心都有了。这则寓言小故事告诉我们，凡事都要懂得变通，变方能通，词语活在具体的环境中，不想被时代淘汰，就要拓展词意的外延。反过来，想了解鲜活的词语，就要到成活词语的具体环境中去，如果想看看挑刺原本长什么模样，可以跟我来。

我是在农村长大的，小时候，基本上没穿过鞋，都是光着脚走路，当然，我不是个例，当年有个时髦的名词——赤脚医生，连医生都赤脚走路，可见，赤脚走路，剔除贫穷的因素外，从医学角度来讲，对人的身体是有好处的。人生双脚，本来就是由走路的，却偏偏以文明的名义，给它们套上一双鞋，以至于带来脚气之类的毛病，光脚走路，肯定有好处的，当然，也有坏处，最直接的就是容易扎刺。

那时，农村的路都是土路，大都是人踩出来的，没成路之前，长满荒草，光着脚板一趟二趟来回走，日子一长，草便闪向两边了，可草还是不死心，悄悄地往路上挤，挤不进去，就让身子往路上铺，这些草里，有蒺藜草，盘在地上，蔓子贴着地爬，细碎的绿色，开着米粒般大小的黄花，好看，就是这漂亮的黄朵小花，花退之后，结出青涩的蒺藜子，蒺藜子嫩绿时，已经会扎人了，当它们木质化后，便成了蒺藜刺，蒺藜刺成熟之后，瓜熟蒂落，被风，或牛羊、或人为带到路上，光脚走路，走着走着，脚下一软，哎呀一声，中标了，抬脚一看，被蒺藜刺盯上了，拔出来，继续赶路，有时，刺断到肉里了拔不出来，忍着疼，路，没人替你走。

洋槐树的针刺，也是扎人的罪魁祸首。洋槐树，俗称刺槐，刺槐叶、花嫩时，人可以吃的；花落叶老的刺槐叶，猪羊，包括鸡都喜欢吃。人们就用铁钩子把它们从树上钩下来，刺槐枝脆，钩上，用力一拉，啪的一声，枝子与树生别离了。

刺槐枝子上长满的刺，被猪拉羊拽，槐树的针刺遗落到了地上，光脚走在路上，不被刺扎，简直就是没有天理。田野里，野草杂木多了，各种各样的刺长在身上，撒落到地上，暗藏杀机，危机四伏，小心再小心，防不胜防，还是被刺扎到了，通常的受害者，不是手，就是脚。

脚手被刺扎了，怎么办？这就需要挑刺了。俗话说，眼中钉，肉中刺。记得，小时候手脚经常扎刺。

我被刺扎，多是母亲给我挑刺，刺通常在手指肚、脚掌上。手指肚上扎根刺，黑黑的刺，明眼能看到好挑，扎的刺不是黑的就要麻烦一些，人也多受苦。母亲一边查看刺的情况，嘴里一边埋怨着，还又心疼，手指捏着雪亮的钢针，把针在鬓发上蹭一蹭，刺明显，就直接对着刺扎过去，刺不明显，就要横折针在手指肚上赶着寻找，针感到有刺的地方，会特别的痛，不由地身子会抖动，母亲就说，找到了，不要动，她一只手捏着我的手指，怕挑刺时，流血找不到刺。

记得，一次，脚掌上扎刺，直刺，刺扎得深，母亲不敢给我挑，到村西找一位老奶奶，她是挑刺的行家。院中，阳光明晃晃的，母亲把我的脚洗干净，将我的腿放在她的腿上，迎着光，好让老奶奶找刺。

扎刺不挑出来，就像树在伤疤的地方长出拐丝，肉在扎刺处长鸡眼，坚硬的鸡眼顶着血肉，走起路来，那种滋味可想而知了，那时，庄户人几乎没有不长鸡眼的。

而今想来，做梦似的，说给现在的孩子们听，或许他们觉得不可思议，生出"何不食肉糜"的感叹，亦未可知。

# 老桥

村东有条小河，河上有座拱桥，不是钢筋水泥结构，是石匠师傅用石头砌成的，单看材质，便知桥的古旧，何况紧挨着石桥又有座新桥呢！见此，我莫名地觉得，新桥好似是被人故意安置在老桥边。

毋庸置疑，我对老桥是有感情的，或许因此，对新桥便有些轻慢。其实，新桥比老桥更具实用性。世事变迁，这两座祖孙桥，似乎成了时代的标签，从老桥步入新桥，不过几步之遥，却给人一种穿越时空的错觉。

新桥是一座平板桥，没有实际意义上的桥洞，几道桥墩，卡上水泥预制的桥面板，桥设计得简洁明快，突兀着世俗的价值观，缺少了老桥的精致与韵味。

曾经的小河不小，在这方圆百里之地，也算是大河了，平时河流舒缓平静。赶集上店，大都走水路，农闲有空，又没啥急事儿，挂桨摇橹，河面船来舟往，充满着浓郁的生活气息。晨昏，下丝网逮鱼，为使小鱼攒动，渔人就会用小木槌敲打着船帮，如敲木鱼，声响悠远，若震荡着旅人的耳鼓，一定会令人相思的。涨大水时，水势浩荡，湍急浑黄的水流，搅起一圈圈漩涡，水面上浮动着成堆成堆的水沫，如浮游天际的云朵，更像是一堆一堆泡沫般的雪，树木、棺材板、木车架之类亦顺势而下。水声一向唯美，汉语里有诸多优美而富乐感的词汇来形容它，诸如潺潺、淙淙、涓涓……若水势浩大，水声便会失去平素的温婉，轰隆隆的声响，大有吞噬一切的狂躁，令人胆战心惊。当人们摸清其底细，也就没那么怕人了。相反，每每夏日涨水之时，村人都会蜂拥大堰，不是为了观看泛黄的水潮，而是觊觎河面上漂浮着的值钱财物。

为了防止小河发大水淹没村庄及庄稼土地，小河的两岸便垒土为堰。站在高高的土堰望村庄，便可体会鸟瞰一词的妙处，那些无规则的房屋歪歪斜斜卧在村里，又被四合的村树半遮半掩着，恰似一幅水墨写意画。行人在村里移动着，犹如画中点缀之笔，虚幻如梦。

据说老桥的桥址原是渡口，是四邻八乡的往来的必经之地。儿时曾听老辈人讲过，当时过渡是无需交费的，秋收之后，有人挨家挨户地去收粮食，后来读沈从文的《边城》，老是把沅江幻化成村东的小河。儿时，曾在老桥洞里捉迷藏、玩打仗，从桥面上向桥洞里撒浮土，弄得灰头土脸的，满鼻孔都是黄土。高高的土堰上，长满了刺槐、杨柳……夏日，土堰宛若一条蜿蜒的绿色长廊；秋天，落叶满地，随风而动，沙沙有声，土堰又是谈恋爱的好去处，也是鸟雀的栖息地……

不过是几十年的光阴，土堰秃了，矮了，被瓜分了，没了；小河瘦了，黑了，鱼虾少了；船只或许早就化作了尘埃。高高的土堰消失了，老桥便被架空了，新桥应时而生。旧的不去，新的不来，这是事物的客观规律。

桥，一老一少躺在河面上，默默无语。老桥侧视着新桥，心态超脱，淡然恬静。慢慢地、慢慢地，老桥在我眼里幻化成一位白发苍苍的先哲。是啊，桥从某种意义上来讲，已从路的内涵外延至哲学的境界。俗语说，桥归桥，路归路，果然是弦外有音。

# 唱大鼓

唱大鼓，这个名字，有点意思。

大鼓怎么唱呢？或许每个艺术门类，都有其特色。艺人右手敲鼓，鼓声"咚、咚"，左手摇动月牙板，嗓门一亮，人气都向他聚拢了。我想"大鼓"及"唱"，就是为了招人，主要的还是艺人的演说，类似于评书。不过，唱大鼓常常是说到紧要处，忽地放慢了节奏，唱将起来，吊吊你的胃口，其目的仍是为了聚人。你不是急着想知道所以然吗？他偏偏是犹抱琵琶半遮面，纵是你千呼万唤。皇帝不急，急死太监。

大鼓场一般都设在集市，集市就分布在武河边，一条土街紧贴着堰跟，堰对面是沿街的商铺、铁业社、木业社，还有住户、公社机关……十天四个集，逢双为大集，遇单为小集。那年月，私人不许做买卖，否则，就会给你戴上投机倒把的帽子。不知因何，唯对唱大鼓的网开一面，唱大鼓的口艺大都是祖传，指行为业，俗话说，生意不如手艺，手艺不如口艺。逢大集时，生产队通常要放一天假，赶闲集者便直奔大鼓场而去。

逢集日，村路蚁行，往来不断，也有乘小船的，穿梭于河道。小时候，曾跟父亲去赶集，坐在手推上。手推车，独轮，一边放东西，偏沉，不好推，大都在另一边捡放一块石头，以保持平衡。因此，父亲也乐意带着我，一者无需搬石之累，再者我还可以看车子，顺便也满足了我的好奇心。父亲通常把车子停在大鼓场，招呼一下同村听书者关照一下，让我不要乱跑动，所以我对唱大鼓有着很深的记忆。

街口一僻静处，树阴下，那儿就是大鼓场。听书者，随便寻一空地，席地而坐。唱大鼓的把鼓支起来，一瓶茶水随手放在鼓架边上，一只马扎丢在身后，基本是摆设。他大都是站着表、演、说、唱。一嗓子出来，鼓场顿时鸦雀无声，他的开场白：七句为诗，八句为纲，西江月……而今想来，都觉得有趣，每段开头都是如此，就像电视剧设置的片头，七句为诗，还好理解，八句为纲，我就不知其所云了，大概是为了对杖。唱到紧要处，便把包袱甩到你的面前，他却戛然而止了。干什么呢？收钱，多少随便，全凭自愿，没有者报以干笑，他也不勉强，嘴里还不时念叨着：有钱的帮钱场，无钱的帮人场。当然也有拍拍屁股走人的，一圈收下来，大概收入不错，眉开眼笑的。大鼓再次响起，他会拿着那些走而复回者开开玩笑，不咸不淡，却很是让人品咪。父亲赴完集回来找我，有时，也会蹲在车边听上一段。

夏日农闲之时，村上有好事者便去请人来唱大鼓。临村有位姓朱的，唱大鼓世家，兄弟六人，都会说书，不过，朱三唱得最好，每年此时，他都会来村上唱大鼓，《呼延庆打擂》是他的保留曲目，年年都唱，似乎遍遍常新。傍晚时分，村口的大鼓一响，人们便顶着一领草席、挟着一副草栅、马扎、板凳……纷纷聚会村口，像我等小家伙听着听着便真的打起了"呼延庆"了。

后来改革开放，分田到户，人似乎一下子忙碌了起来，闲时便少了，撤公社化乡镇，镇政府也迁移了新址，在310国道边，一座座楼宇拔地而起，此时，收音机、电视机、影碟机先后纷纷登场了……大鱼大肉腻歪了，有一天，我莫名地想起了唱大鼓来，感觉已是很遥远的事了，却有着言不出的隔膜与亲切。

## 田园

　　赤着脚，光着背，躺在堂屋的草席上，窗门洞然，四处岑寂，静得只有屋外的蝉鸣，大一阵，小一阵；偶或一阵轰然的声响由远而近，悄然而逝，我知道有风掠过树梢，眼瞅着天花板，似有所思而无所思，几本书慵懒地躺在枕边，清风殷勤而来，也不掀动一下眼皮，时间似乎静止不动，如一汪清凉凉的湖水，水波不兴，感觉人飘浮在空中，世界仿佛隐遁了。

　　我掐了一下自己，知道这不是梦，正躺在乡下的老屋里。每年的夏天，我都会来这里小住，当然，还有一些打算，比如会几个朋友，静心读几本想读的书，写几行自以为意的文字，可每次的愿望大都落空。

　　早晨，步出家门，信步而行，人随双脚任东西，田畦的阡陌上，青草的露水打湿我的裤脚，头发亦不知何时被雾气濡湿了，东方的天空一派靛青，远树隐约出一脉远山，山头雾岚浮荡，田园静寂寂，偶有小鸟掠过，遗落几声鸟啼，点破岑寂。眼前的一切，多么的熟悉，那些草儿或许不认识我了，可我认识他们，我还能叫得出他们的名字呢，竹麦草、

140

抓秧草、萋萋芽、狗尾巴草、刺刺秧、树苗秧……每叫出一种草的名字，都会牵起一串故事，不用去想的，就像小学时做的词语及其解释间的对应划线，如同提到南京，脑子就会浮出明城墙、玄武湖、十里秦淮……脚踏在犬牙参差田间的小道上，总有一些影子在眼前晃动，那些淤沉在泥土之下的记忆，在我的足迹边悄然逸出，如同朝晖一般，温暖而明亮；路边田头蹲着几个枯腐的树墩，根部却抽出些许枝条，令我似有所触、所感。

踏着夕阳，我来到村东的小河边，河边曾是我最喜欢的地方。河沿堤堰满是桃树，春日，桃之夭夭、桃花灼灼，渲染几多情怀；河渚蒹葭苍苍，秋日，芦花吐絮，飞絮应霞，迷乱几多望眼。不过，眼前的桃树婆娑，叶碧青青，有几株晚桃，肥桃坠枝，枝叶虚掩，欲盖弥彰，望着叶间探头探脑的肥桃，让我看到儿时的身影；几声咕咕的芦鸪叫声，把我的目光牵向了那片青青的芦苇荡，从来无需想起，永远也不会忘记，记忆就像风吹芦苇一样，波起云涌。河边，有人手捧着鱼竿，嘴叼着烟卷，悠闲地钓鱼，或许精神过于集中，烟卷燃尽却浑然未觉，望着水中着不住点头的鱼漂，我亦不觉入戏，仿佛看见自己在久远时光里所玩的把戏。不可思议，记忆的种子就是喜欢家乡的这片土地，恣意发芽抽枝开花。

夜晚，坐在书桌前，随手翻开涨潮的《幽梦影》，月光水雾一般就飘进来，此时，无心于书，望着窗前的庭院，庭院中高大的银杏树，月光下，银杏树落在地上的身姿，不由想到了东坡的那篇《记承天寺夜游》来：元丰六年十月十二日夜，解衣入睡，月色入户，欣然起行。念无与为乐者，遂至承天寺，寻张怀民，怀民亦未寝，相与步于中庭。庭下如积水空明，水中藻、荇交横，盖松竹影也。何夜无月？何处无竹柏？但少闲人如吾两人耳。玩味不已，无端地想到儿时的朋友来，天南地北，哪里去寻？

有时，重温"锄禾日当午，汗滴禾下土"的滋味，荷锄下田，田里已没有了庄稼，满眼都是银杏树林，走进自己的树园，树阴翳日，从枝叶间筛漏下来的阳光，洒落下来，犹如一幅抽象画，亦如一方阴文图章，抚锄立在树林之中，仿若在搞行为艺术。地里，草疏落无多，由于光照不足，皆营养不良，细瘦羸弱，无精打采的样子。在如此清幽的环境之下锄地，心静寂而古远，耳边莫名地回响着，"鸢飞戾天者，望峰息心；经论事物者，窥谷忘返"。锄累了，依树而坐歇息，风从树梢掠过，还不忘留下几缕给我，惬意。不经意间，我想到一个字"休"，忽而动了灵机，以此做成哑谜，岂不有趣。

　　这样悠然的日子，大约是人们渴梦的田园生活吧，不几日，我的心却沉不住劲了，总是想着外面的世界，莫名地有种走丢的感觉，归处不知何时成了客寄，我似乎明白了，田园，不过是一种情怀，一座精神的后花园。

# 收惊

在乡村道边的大树上、屋墙上、电线棒上，偶或能见到贴在那儿的大小不一的见方红纸，上面写着："天黄地绿，小儿夜哭。君子一念，睡到日出"的谶言。不明何因，每见此，我总会想到弯腰驼背的奶奶，联想到她老人家夜晚给乡邻孩子收惊的事。

小的时候，乡村的同龄孩子特多，盛夏之时，雨水旺盛，蒿草茂密，孩子们常常聚在一起，在草蒿里捉迷藏，在浅水汪里打水仗，家长没有更多的时间管束他们，又怕他们在外面玩野了出什么差池，便讲一些妖魔鬼怪的故事吓唬他们，什么草蒿里有红眼绿指甲的小鬼，水中有青面獠牙的巨怪、美女蛇，山中有狐狸精之类……孩子们就信以为真，心底虽害怕，却渴望着能够与它们相遇，善幻的心往往会被墙角落突然窜出来的大花狗，惊出一身冷汗；平日里常骑的大黑猪，突然发飙，跌落于地，脸色都绿了；月下树影的晃荡，或以为是鬼影；夜行总是疑人跟路，那踏踏的脚步声，早把自己吓得脊背发麻汗毛竖立了……孩子受到了惊吓，家长们便想到了奶奶。

每有乡邻说，我们家的大粪、二歪、三孬受惊吓了，麻烦去一趟。奶奶总是有求必应，乡邻间总得相互照应着，这话常挂在她老人家的嘴边。吃罢晚饭动身，有一阵子，我好跟路，常缠着奶奶带着我。奶奶似乎也乐意带着我，因为有我在，便有了话头，我就像个开心萝卜。奶奶通常是一手领着我，一手拎着火捻子，在坑洼不平的羊肠土道上，奶奶的小脚踩着明明灭灭的火亮。

提到火捻子，我还想多说两句。秋天，收玉米时积攒起来的玉米缨，晒干、搓绳，一条一条，可长可短，这便成了火捻子。也有用拨去皮的麻秆做成的，其特点是燃后不起火，亦不会熄灭。小的时候，我乐意玩它，在夜空中，划拉着莫名其妙的图案，挥写着才学的一二三，乐此不疲。不过，父母常嚷着不让玩，说玩火会尿床。

而今，我已记不清那时拿的是那种火捻子了。到了门前，奶奶叫一声，家主忙着出来招呼，亲热地拉着我的手，轻轻地爱抚着我的头，夸讲我一番，就这么说说笑笑进了堂屋。奶奶便吩咐着准备东西，诸如火纸、盛有水的盆、小瓦罐之类。一切停当，受惊吓的小家伙早已在床上睡着了。我常常跟着奶奶，站在一边一声不响地看着奶奶收惊。就见奶奶把火纸燃后放进小瓦罐内，火舌在罐沿  舔  舔，映着奶奶多皱而虔诚的脸，奶奶手捧着火罐在小家伙身上转悠，嘴里一边念念有词，而今我还能清楚地记得念叨的词语："猪一惊，狗一惊，猫一惊，什么吓得什么声……"之后，奶奶把小瓦罐扣在盆里，就听到吱——吱、噗噗的声响。奶奶便会说可能是受某某家禽惊吓，你听像不像。家主通常是附和着点头，或是突然间想起了什么旁证。如此反复五次，最后瓦罐放在盆里，用孩子的衣服遮上。

这便是收惊的过程，说来也怪，收惊之后，大多数的孩子往往会不治而愈，不可思议。

收惊，我无法用科学的方法去解释它，它能像烧不尽的野草，延绵至今，其中自有奥妙，世界上有多少事是能说清楚的呢？若真的想说两句，那或许就是人类对大自然的某种敬畏，或者说是人类用善良、爱心去关爱自然，以求人生平安。当孩子睁开好奇的眼睛打量这个陌生的世界，脑海里根本没有恐惧的概念，他们不惧怕父母，兄弟姐妹，却害怕树影、害怕黑夜、害怕电闪雷鸣……及至长成，他们却依仗"科学"为胆，渐失了对大自然的敬畏之心，或许正要收收惊呢。

## 门环

我一向敬畏民间，它紧贴着大自然的衣襟，每条褶皱里都蕴含神奇与玄妙，不经意地抖动一下，都会令人大开眼界。

万物土里生。一只陶碗，碗底一条粗线条的鱼，它的含义，足以让后代的人品味再三，却又无以言表，青砖之上雕刻的一头梅花鹿、一只蟾蜍、一朵牡丹……青砖便被赋予了某种精神，便被图腾了。

门环的出世，也是一种图腾，这是我的直觉，他或许被赋予某种精神，亦未可知。

在南方一古镇闲游，一座古老的院落，高高的门槛，黑漆的大门，双扇的黑漆大门上，各突兀着一只黑漆的门环，门环的基座是一只狮头，门环便衔在狮口里，狮头威武非凡，栩栩如生，莫名地就吸去了我的目光，让我驻足。

门环，象征财富。我注目后的第一反应。篱院柴门，无论如何也没有门环的落脚之地，"柴门闻犬吠，风雪夜归人"。富贵人家哪里会在风雪夜里赶路呢？

"应怜屐齿印苍苔，小扣柴扉久不开。春色满园关不住，一枝红杏出墙来。"读叶绍翁这首诗时，总以为他是访友不遇，所以轻叩柴扉无人应，我想柴扉之上一定没有门环，柴扉亦无处安装门环。

过去，大宅门都安有门环，在影视剧中，常有朝南开的八字衙门门环的特写，门槛也高。现在，乡村俚语也有这么句话，你家门槛高。话含讽刺意味，话里自然是有话的。

大门、门槛、门环，就成一种身份的象征。

富贵本不是什么孬事，否则，人们就不会心向往之，但在特定的环境中，或者说当财富得之不义，象征富贵的大门、门环的命运就会发生意想不到的变化。

小时候，喜欢往卫生室里跑，看着脖子上挂着听诊器的医生，就感到很神秘，更神秘的，是墙上挂听诊器的小铁环，黑漆漆的铁环，明晃晃的听诊器，搭配得如此和谐，后来才知道，那只小铁环是只门环，大地主的门环，诊所里的桌椅，放药品的架子，就是大地主的门板做的。

大地主的财产是如何积累的，不得而知，历史的进程走到那儿了，那也是没有办法的事。记忆中，一般人家的大门上，也是有门环的，不过，这种门环已褪去象征的光环，仅存留了实际的实用价值，就像一度辉煌的手机、小轿车。

那时，我家的大门就安有一对门环，靠近门襟，平时出门，大门一关，门环一对，一把锁咔嚓一锁，有时怕猪拱门，一条直棍穿门环而过，抵在门墙两端。邻里之间相互往来，门，亦不过是个象征，有时，门也不落锁，直接用棍别上，防的是猪狗。

门不高，院亦不深，也不怕隔墙有耳。

大宅门的门环，其实，还有另一个用途，可当门铃用，大宅门都有耳屋，耳屋相当于而今的传达室，有外人来，就用门环敲击门，显得有礼数。

而今，人们的心扉似乎紧闭了，门亦都有了防盗功能。门环差不多要进博物馆了。

　　莫名地怀念起门环来了，这种怀念似乎与门环无关。

# 一把泥酒壶

都说往事如烟，其实，如烟的是时光，往事是刻在舟上的痕迹，真相已无从查找，我想人们追溯往事，或许为了自身的修行，至少对我来说便是如此。

读小学时，读几年级已记不真切了，那时，学校的作息是这样的，一大早揉着惺忪的睡眼去学校，上完两节课，放学吃早饭，饭后连上四节课，吃午饭，下午还有两节课的任务要完成。一天的时间，就这么随着学校的铃声，飘走了。

我要记述的故事，就是发生在秋后某天早饭后去学校的路上，没错，就是秋天，我记得村里九曲回肠般的土道上，到处都晒满了山芋的藤秧，以至于，我们一路打闹玩耍时，常被山芋藤绊倒，好在成败皆在于斯，跌倒时，藤秧在身下作了铺垫，软软的，还是蛮享受的。秋天，北方大都是晴空万里的，估计秋雨都被文人骚客蘸在笔尖了。

一群孩童在路过村头的大土窑时，看到窑场晾满了泥酒壶。烧制泥陶是我们村的手工业，是大队、生产队的经济来源，泥酒壶制作时，费

149

事费时，放学没事时，常去窑屋看窑匠师傅们整窑（制作泥陶），黏土晒干后加适量的水，即便是冬天，窑屋里，窑工师傅也得光腿赤脚踩泥，一遍一遍，把泥踩得有了韧性方好。然后，用长柄的割泥铲刀，那刀神似花和尚鲁智深的月牙铲，把泥割成四方的泥坯，再把泥坯块码起来，以供窑匠师傅用。

窑匠用时，并非揭下一块就能用，还需窑匠亲自在揉搓，一如揉面，俗话说，打到的媳妇，揉到的面。把泥揉成什么程度，窑匠师傅心里有数，通常揉成条形，用时，掐一节，放在转盘上，一窑工用力蹬转盘，只见软泥在窑匠手里，似有了灵性一般，随影赋形，缸缸盆盆，盆盆罐罐，或大或小，或高或矮，看着真让人着迷，那时，从未在意过，窑匠，窑工师傅们额上的汗水。

正因为如此，那日，看到窑场上晾晒着鸽群般泥酒壶，小小的泥酒壶，在窑场上如宫廷中翩然起舞的舞姬，可人，恰好是早饭的饭点，看窑场的人不在，有人提议，弄泥酒壶玩玩，我天生胆子小，不敢拿，看着人人都拿，也就动了心。

一路走一路把玩着手中的小泥酒壶，顾不了脚下磕磕绊绊的山芋藤秧了，开始，心里还有些忐忑不安，见身边的同伴，泰然自若，又无人追赶，也就安心了。就在这时，看窑场的人追来了。有几人，听到看窑场的人叫喊，把酒壶扔在小溪里了，我悄悄地把酒壶偷放在山芋藤秧的底下，自作聪明地跑了。

后来，事情追究下来，我的"罪行"最大。原来，我跑了之后，看窑场的就追上来了，收回了酒壶，少多少，寻回多少，相差多少，一对算，差的那几只正在小溪里洗澡呢，我不在场，责任便都落我头上了，百口莫辩。

记得是一位姓冯的老师，不问青红皂白，我之所以用不分青红皂白，我觉得作为班主任，他应该了解自己的学生，他拉着我们几人到各班去

"游街"，在历数我们罪状之后，重点点出我，说我最坏，居然把酒壶抛进了水里。

陶器，隐喻着塑造、陶冶……成年后，我曾一度与冯老师相邻，就此事，很想与他交流一下，可惜我们从未交流过，也许他早已忘记了，可我总是难忘，感悟良多，比如做事不要盲目从众，做人要有担当……

# 对火

日前，翻阅周作人的《知堂美文》，在《关于蝙蝠》一文中看到："长工几个人老是蹲在场边，腰里拔出旱烟在那里彼此对火。对火二字，引燃了我的记忆，那幅乡村长工对火图，让我的心底有了种久违的热辣之感。

而今，罕有人知"对火"是何意了，或许有人会理解为打架斗殴，亦未可知。你别说对火与火拼，乍看之下，似出同门，其实相去甚远。我稍一点拨，你或许就能知晓是怎么一回事了。

小时候，我喜欢去生产队的牛屋院里玩耍，那里似乎也是聚人之处，如同眼下的一些论坛。闲暇之时，牛屋内人满为患。牛屋，故名即可思义，不过，这无妨人也往屋里挤，那真是人畜和谐相处呢，在那里谈天说地，家长里短，老牛呢，顾自咀嚼着口中之食，不理不会。常常见老人嘴咬着烟管，吧嗒、吧嗒地抽着旱烟，烟火明灭，青烟缭绕，很有趣味，还不时地用手按一按烟锅里的烟火，大约怕烟燃得太快吧，往往此时，有人咬着一根长长的烟管凑过来，借个火。于是乎，烟锅对着烟锅，

152

俩人不约而同地使劲抽起烟来，眨眼间，火就这么被对方借过去了，有点薪火相传的意思。这就是知堂老人所言的对火。

对火，是物资贫乏的土壤里，所生长出的一朵节俭之花。此花看上去开得有点漫不经心，仔细寻思，却蕴藉着人类最本真的爱心，它传递着友善，氤氲着人间温暖的芬芳。

那时，早已时兴火柴了，不过，火柴不是放量供应的，有时，买一盒火柴，还得搭配别的滞销货物。因此，每根火柴都要让他燃得有价值，不能随便浪费。虽是火柴时代，我却时常见老人的烟包下坠有火刀石。火刀石是古老的火种。烟瘾大者，一会儿一袋烟，几乎烟管不离嘴，有事没事总是咬着。他们省火自有一套，我见过有人每抽完一袋烟，先把烟锅里的余烬小心地磕在地上，使之不破散，然后把装好烟丝的烟锅扣在余烬上，这真是一个好办法，可连环地抽下去，更多的时候，我见老人用火刀石取火。

火刀两片薄薄的火石，对着烟锅相互撞击，当当作响，在撞击声中，火星四溅，一下、两下、三下……老人不疾不徐，烟丝就这么被慢慢地点燃了，缕缕青烟从老人口中吐出，那感觉，真惬意，过程与结果结合得如此完美；一袋燃起，对火者蹴烟火而就。

对火，这个不经意之举，或许更接近人类情感的内核，这种无言的爱意如阳光一般，习惯而自然，常让人忽略，类似老子所言的上善若水吧。这不禁让我陷入沉思，物质的贫乏，人的精神却如此丰厚，那么物质生活丰富了呢？按着水涨船高的理念，人的精神境界该更高吧，而事实的情况，恰恰相反。我们到底在追求什么？在这不断地追求中，似乎离原点愈来愈远了，若原点是本的话，我们岂不在舍本逐末吗？

对火，是两颗心在默默地交流，而不是两人明里暗里地角逐较劲，生活需要像对火那样充满温情。或许我们追求得过于繁杂，过于花里胡哨，以至于迷失所逐，简单，才更接近生活的本质，冷暖自知，饥餐渴饮，如同人要固守的道德底线，看上去简单，实际做起来却不那么容易。

# 灯花

灯花，生长的土地是一只小小的墨水瓶，煤油或柴油是他的养料。

父亲不知从何处寻来的墨水瓶，又在老屋的雀户眼里摸出一枚铜钱，铜钱的方孔恰好可穿插一节小铁筒，一条棉线条束身从那个小铁筒钻过，便成了灯芯，小小的油灯就这么诞生了。黑夜里，窗口就有了打探外边世界的眼睛。

乡村的寒夜漫长，迟迟不肯与冷被窝为伍的我，就坐在灯下，守着火盆，看着奶奶做针线，听奶奶讲古，俗话说：有钱别置被，置被活受罪，清早焐棉袄，晚上焐棉被。夜渐渐地深了，寂静，小桌前，一灯如豆，晕黄的灯光，把奶奶的故事映得扑朔迷离，如梦如幻，灯火似乎也眨着好奇的眼睛看着奶奶，和我一样沉浸在故事里。

此时，惊喜的一幕出现了，橘黄色的灯焰里，绽开了一朵深红的花，不过，灯花开放时，光焰会悄悄地变暗。我惊奇地叫着：奶奶，灯花！奶奶微笑着抬起头来，慢条斯理地用她手中的钢针，在灯焰上挑一挑，灯花就凋落了，眼前忽地一亮了，它在孕育着下一朵花呢。

"灯怎么会开花呢？"我好奇地问奶奶。

"灯捻子烧焦了。"奶奶漫不经心地回答。

不知因何，我总觉得奶奶回答得不对。

读书的时候，晚自习要自带油灯，我的同桌有一盏罩灯，玻璃制品，灯身窈窕，玲珑剔透，蛮腰纤细，葫芦状的灯罩明亮如炯，一如我同桌的曼妙妩媚。她的那盏罩灯往课桌上一放，我的那只墨水瓶油灯就下岗了。

我们虽坐同一条凳子，使用同一台课桌，交往却甚少，尤其是白天，基本就没怎么说过话，各自有各自的小圈子，常常是井水不犯河水，泾渭分明，比如课间活动，她们踢她们的毽子，我们玩我们的捣拐，最多也不过是群起而互攻。晚自习时，情景就不同了，她兰花般的手指轻轻一拧罩灯的开关，灯芯子便吐了出来，取下灯罩，擦燃火柴，一切都那么地娴熟。光晕照着她玉般娟好的面庞，她把罩灯往课桌中间一放，顾自学习了。有时，她见我这边灯光有些暗，便会轻轻地把灯向我这边推一推。时间在笔尖下流逝，灯芯便渐渐地结出了灯花，灯花一开，就会冒出一缕缕黑烟，如此，她就会取下玻璃灯罩，我便会不自觉地用钢笔帽挑落灯花。

奶奶曾说，灯花是烧焦的灯捻子，而今想来，没错。不过，在我看来，灯花更是灯芯所吐出的蕾。为了驱赶黑夜，它撒落一片片光明的花瓣，照亮了我飘落的昨日，温暖着我的记忆。

# 争上风

　　结婚，人生之中的大事。

　　在家乡，有查日子的风俗习惯，本人及家庭成员的属相、生辰八字，看一看合不合，有没有相冲的，然后择定吉日，这关乎本人及下一代的事，马虎不得。不过，一年之中有三个日子可为结婚的通用良辰，百无禁忌，五一劳动节、十一国庆节，还有元旦。

　　20世纪80年代或之前，家乡有人婚姻嫁娶，大都用马车去接亲，当然，接亲的马车是经过精心修饰过的，用芦草花席在车厢上空折成拱形，外面蒙上红花巾，两端垂有穗边的帘子，若花轿状。

　　驾辕的马颈上系着铃铛，挂着红绸的扎花，行走起来马蹄嗒嗒，铃儿叮当，女方的嫁妆物品，诸如箱箱柜柜、毡床被褥、点心果盒等，都是肩挑人抬的，还有一班吹鼓手，吹吹打打，大队人马浩浩荡荡，大有霞彩铺天的气势。

　　那时，乡村的土路逼仄，如两对结亲的人马相遇，各不相让，谁家都想抢得先机，那就得按照习俗办事，双双新娘下车，站在同一起跑线上，按划定的距离折返，看谁跑得快，赢者先行。

那场面就如奥运会的百米冲刺，想象一下，秋日旷野，天高地低，木叶飘飞，一对穿红戴绿的新娘在坑洼不平的乡间土道上赛跑，夹道是接亲队伍山呼海啸般的呐喊助威声，或输的一方不服，既而争吵，由此升级为送亲队伍之间的颜面之争……

现在想来确实有些滑稽，甚至觉得简直就是一出闹剧。而今，结亲都用车队，邀请摄影师录像，宽敞明亮的马路，如结亲的队伍相逢，也是大路朝天各走半边。看来，风俗习惯也随着时代在改变．。

当年，我结婚的那天是国庆节，结亲的人家自然很多，待亲朋好友散席后，我半开玩笑地问新娘子，路上可否遇到了结亲的队伍？

老实的新娘告诉我，为了避免相遇，她家发嫁特别早。不过，就是遇上了，她也不怕，在家时，人家送她外号梅花鹿呢。

第五辑　农具情话

# 独轮车

　　独轮车，家乡人称之为"胶车子"，为何会有此"莫名"的称谓，其中又隐含了什么样的机巧与故事，至今，我都没弄明白，不堪了了。

　　世间之事，也许本来就没那么复杂，纯属偶然，就像桑梓、松柏、杨柳……若当初先人把梓名为桑，把柏名为松，把柳名为杨，恐怕而今在人们的意识里，那些树木的形象刚好颠倒过来。这让我想到女儿读小学时，写过的一则日记，她说，"若爸不跟妈妈结婚，我就不是爸爸的女儿，看到别的漂亮女孩坐在爸爸的腿上，我不得气死了"。世间万物似乎都有定数，也就是"道"，当小路上咿呀着手推车的声音，我眼前立马呈现胶车子的形象，这完全是下意识的反应，不由人的。

　　现在，这种独轮车基本上是难得一见了。不过，行在崎岖的山径，或漫步在蚰蜒般细长的阡陌，不觉地便会想到胶车子。我想独轮车的发明，于路是不无关系的，过去，乡间道路都是"自发"形成的，就像鲁迅先生所言的那样，其实地上本没有路，走的人多了，便成了路。民间还有句大俗语：路要众人踩。众人踩出的小路，便是独轮车的胚胎。

160

对于家乡人称之为胶车子的独轮车，我相信在其他的地方，一定还有别的不可思议的有趣的叫法，只是孤陋的我不知道罢了。我曾一度想当然地以为，独轮车就是出川九伐中原的诸葛亮发明的，这大概跟我儿时看有关三国的小人书有关，当然，还有我儿时对独轮车的记忆有关。

儿时，最早见过的独轮车，是木头制作的，车轮子是木头的，车身子亦是木头的，车子的主人，是住在村子最东北角的一个孤身老人，老人所居的矮小的茅屋，与村子隔着一段杨树林子，一条细长小路似脐带，连接着村子，不哪天，脐带断了，他便会被游离在村子之外了。在我的印象里，老人好像总是推着那辆木头胶车子，穿行在那片杨树林里，车轮压在小路上，咯哒、咯哒的响。老人嘴咬着长长的烟管，似乎很享受这种声响，晃悠悠地走着，有时，看他推着车子，如此地惬意，便央求着，试一试，一端起车子，还没走呢，车子便往一边倒去，老人就嘿嘿地发笑。

那时，村子里，有独轮车的人家，不在少数，轱辘是钢圈的那种，只是车架子是木头的，轱辘的内带可以充气，车子推起来，轻快，声音也小。田里送粪，收获庄稼，胶车子便派上了用场，尤其在土堰上，路面很狭小，越能显示独轮车的好来。平时，赶集上店，推着胶车子，卖粮食，买回生活所需，独轮车轻快，省去了肩挑手提。那时，推着胶车子赶集，夸张点说，无异于曾经的骑着自行车，而今的开着私家车。

记得，小时候，赶庙会，父亲推着独轮车，一边厢是我，一边厢是所卖之物，车子一路咯吱着，附和着父亲所讲的故事，满撒在我的记忆里。集市上，父亲把胶车子放在大鼓场的边上，交代我，听大鼓，看车子，买包子给我吃，买小人书给我看。我便老老实实地坐在车帮上，听大鼓，听着听着，人就被说书者带进了书中，忘记了时间、忘记了饥饿、忘记了我屁股下的胶车子。

父亲曾在砖窑厂给人推土，胶车子便成了，父亲赚钱的工具，那时，砖窑厂是人工磕坯，木头制作的砖头模具，通常是两个的坯模，力气大者，让人专门制作的，三个坯模。父亲就用胶车子推土，胶车子的两厢各绑一只柳条长筐，按照个人所需推土，一车多少钱，计车。有时，放学有空，我会去帮父亲的忙，用根绳子拴在胶车子的前头，拉纤般，用着力拽。

似乎一转眼，这一切，都成了过往，手推车便成了历史的陈迹。手推车，在打小日本时，曾载着物资支援前线，新中国的诞生，独轮车是有过贡献的。有关独轮车支前的故事，有机会专文叙述，在此，不做详谈了。

听说独轮车是个叫奚仲的老乡发明的，是否确凿，我没有去落实。在老家邳州城里，有条路叫奚仲路，这是确定无疑的。若独轮车真的是奚仲发明的，胶车子的叫法，或许隐含着不为人知的故事，亦未可知，如同若干若干若干年之后，人们对着独轮车三个字，发呆。

# 筢

在一本杂志上，邂逅一幅黑白照片，一只竹筢挂在单杠上，一个人抱着筢把打坠，感觉如遇故人。

筢，与我暌违久矣，乍见之下，似有一肚子的话，想倾诉，一时之间，却又不知从何说起。说实话，筢，早就尘封在我记忆里了。平时，是不会想到它的，不过，想不到，并非把它遗忘，拂去时光的尘埃，"自将磨洗认前朝"。

筢，按其制作材料，可分为竹筢、铁筢；其规格有大、中、小，不同型号，其形状通常呈不明显的梯形，筢齿部分比筢肩略宽，也有扇形的，属于迷你型的，精巧别致，拿到手里，轻便，它的作用却不可小觑，这个待会儿谈。

小的时候，放学后，书包往院中一扔，便按照大人的吩咐，扛着竹筢，挎着篮子，去河边搂柴火。河边的青草如茵，说来不可思议，就像一块磁铁在沙堆里来回搅动，就会吸到细碎的铁屑，筢在草地上来来回回梳理，嗨，不一会儿，竹筢上就爬满了柴草，把柴草卸下来，装在竹篮里，好让竹箅轻装上阵，如此反复，不久，搂到的柴火就把竹篮子装满了，天色尚早，就可以随心所欲地玩耍。其实，搂柴的过程也是玩的一部分，两三人在一起搂，竹箅与竹箅经常要发生碰撞、摩擦，谁的箅大，谁就占便宜，就这么，箅与箅之间，你来我往，战事不断，一方吃亏了，战争就由箅转到人，箅一丢，两人就扭打一处，直打得难分难解，不分伯仲，然后，相视一笑泯恩仇，捡起竹箅，继续搂柴火。

其实，搂柴火，不是小孩子的专利，大人也搂柴。大人搂柴主要集中在夏、秋两季，夏季搂麦茬，秋季搂豆叶。

夏季，小麦收割完毕，地里的麦茬就分给社会铲，一家多少垄，小铁铲安上两米多长的铲杆，这样铲起来，省力又不用弯腰，把麦茬铲倒之后，就用竹箅搂，这时候，就会用上扇形的小竹箅了，箅小搂得快，好掌控，以免搂过界，因搂麦茬而相邻吵嘴打架的事，时有发生，人不为己天诛地灭，蚂蚁腿也是肉，为了生存，也是没有办法的事。

待家家的麦茬都捡拾干净了，就可以随便下箅搂了，这时，铁箅就有了用武之地，铁箅通常都是自制的，宽约两米，铁箅底下系着竹栅子，可存柴，这样的大铁箅，非年轻力壮者，不能为，白天干活，搂柴通常在夜间，用手电筒照着，我的　邻，家中制一副大铁箅，一麦季搂下来，可搂一垛的麦茬，很让四邻眼红。

秋季，黄豆上场之后，地里的豆叶，也要下分给社员的，人们搂完之后，便无禁忌了，不过搂豆叶，不是大铁箅的强项，豆叶脆薄，铁箅的耙齿很容易穿着豆叶，影响着上柴速度，此时，大竹箅就可以显身手了。

所以，竹箅、铁箅，几乎每家必备，不过，在集市上买的铁箅，大都是小号的，很长一段时间里，我都用小铁箅搂柴火，铁箅的好处是，能随高就低，不像竹箅那么死板生硬，铁丝有弹性，这是竹质所欠缺的。

都说，有粮吃便会有柴烧，一点都不假，古时行军打仗，讲的是兵马未动，粮草先行。粮草相互依存的，有粮没柴，生米不能成为熟饭，同样，有柴没粮，那叫烤火。过往的日子，老百姓为生存，想方设法，让土地里多出粮食，有粮食，还要多拾柴，笓的发明就是最好的例子。

那时，人们也许做梦都不会想到，21世纪，网络、报纸之类媒体，加粗加大的字号，醒目的版面，呼吁农人，不要燃烧秸秆，因为农人燃烧农作物的秸秆，以造成严重的大气污染，又有专家呼吁，不能堵，要疏，要科学地回收农作物的秸秆，合理利用，变废为宝，使之成为农人的一项创收。

笓啊，看来你被尘封，是有历史根源的，历史的车轮在前进，但怀旧也是人之常情，难免的，这似乎也是历史的必然，怀旧，能更好地看清前路，是谁曾说过，不会怀旧的民族，是堕落的民族，历史，有时也需要用笓去梳理一下的。

## 碌碡

　　院中，立着个碌碡，晾晒东西时，便会把竹筐子放在其上，除此，好像也没别的用处了。有时，小孩子摸着一棱一棱的碌碡，感觉到好奇，却不知其为何物。

　　曾有不少小家伙问，我都不知怎么回答他们，不过，还是要回答的，回答的过程，也是我回忆的过程，对孩子们来讲，无疑是在听一个久远的传说故事。

　　碌碡主要的任务是滚动。

　　我总是先这么回答，小家伙们都会嘎嘎大笑，他们一定以为我在说笑，事实确乎如此，我还告诉他们，我像他们那么大的时候，陶制的小碌碡，是一种很有趣的玩具。

　　玩具，总是有其时代特色的，若想准确地把握某个时代的脉搏，研究一下那个时代的玩具，或许能切中命门。作为农具，碌碡大行其道时，村里烧窑，窑匠师傅曾用他那双灵巧的手，制造了大量的碌碡玩具，为大集体增加 GDP。

166

陶制的碌碡，碌碡的迷你版，表面刻出棱，两端有孔眼，只不过玩具碌碡是空心的，为了增添其趣味性，空心里放着一枚泥丸，烧制好后，青灰色，滚动中，泥丸与碌碡四壁相击，发出当当的脆响，很悦耳。

玩具碌碡，大约能启蒙孩子们热爱劳动，寓教于乐，潜移默化，比生硬的说教，不知要强多少倍呢。

碌碡派上用场的时候，一般都在夏秋两季。

夏日，小麦成熟了，收割下来的小麦被拖到大场上，用铡刀把麦穗切下，剩下的麦秸秆被撂在一边，抓住要害，这是靠天吃饭的农人的经验，带穗的麦草晾晒在大场上，待干透了，便用碌碡压，那场面，而今想来，如在眼前。

一棒碌碡，用牛、马、驴拉，也用人力拉动的，用人力拉时，一般都是四五个人一棒，有男有女，说说笑笑，丰收的喜悦之情，都洋溢在眉宇之间，麦场上滚动着碌碡，一圈一圈，不厌其烦，滚动过程中，有人不住地翻动麦草，不让一只麦穗心存侥幸，所以说，带着麦穗的麦草，俗称麦瓢子。

秋日，大豆上场了，豆角便在碌碡的嘎吱声中，咧开了嘴，滚满场，如同拉碌碡农人明快的心情，场面松软处，常有豆粒被压进土里，阴云布天，毛毛细雨便飘落了下来，地干天晴时青白的土场，慢慢地浸满了水，场变得油油的黑，不两天，便可以到场上拔豆芽炒了。

曾有那么几年，用拖拉机带动碌碡压场，孩子们爬进车厢里，碌碡跟在车厢的屁股后边跑。有时，想起那一幕，就想发笑，一个古老，一个现代，居然能完成一个美妙的组合。

农闲之时，碌碡就庸懒地躺在大场，没卸木框时，孩子们便骑在碌碡上，两脚来回地蹬着木框子玩耍，像蹬着脚踏车，似乎真的能奔跑，伙伴们比赛着，用力地蹬，越蹬越快，双手张开着，嘴里嗷嗷地大叫着，快活无比。

更多的时候，是一群小伙子，青春勃发，用力气没处使，便把碌碡当作发力的对象，先是掀动碌碡，让其竖立。双手扣住碌碡的一端，猛地一用力，碌碡立了起来，人脸也憋得通红，也有人掀到半道，无力继续，只得半途而废，红着脸，摇摇头，甩甩手臂，下下腰，卷土重来，力气大者，掀起，放倒，再掀起，再放倒，一口气可以连续掀动多个，一片叫好声中，大有庖丁提刀四顾的快意。

我就有过掀碌碡的历史，一口气的纪录是多少，已不记得了。

碌碡，新石器时代的遗物，农耕文明历程的亲历者。现在，只能是旁观者了，连碌碡玩具也成了稀有之物，孩子们不知晓，似在情理之中。

# 扁担

扁担早在元朝时，便被王祯录入《王祯农书》中，"禾担，负禾具也，其长五尺五寸。剡扁木为之者谓之软担，斫圆木为之者谓之楤担……"小小的一根扁担，可谓是农耕时代的标本。

农具中，扁担似乎跟文艺很有缘，电影《牛郎织女》中，牛郎担着孩子追织女。牛郎若不用扁担，直接抱着孩了，或手拎着筐子去追，效果肯定是要打折扣的。

寻常的扁担有着深入人心的力量。扁担就像它的元祖树一样，扎根底层，用现在时髦的话说，就是它极具草根性，扁担是树木的子嗣，因而更亲近泥土，亲近山野乡村。

晨昏，姑娘挑着水，踩着细碎的脚步，风摆杨柳般，扭动着腰肢，不知比走舞台的模特美上多少倍呢。这一幕，在过去影视作品中常出现，不知还有多少人会留意，过去，在乡村，简直是司空见惯的事。

"累累禾积大田秋，都入农夫荷担头。"一根扁担，二人用曰抬，一人用叫挑。在农业没有实行机械化之前，扁担是家家必备的农具之一，简约不简单，经济又实用，用熟的扁担犹如相知的老友，多日不见，亲切得不得了，擦拭，抚爱……扁担经过主人的日久天长的手泽，似乎通了灵性，成为人身体的一部分，肩挑重物时，扁担颤颤巍巍，嘎嘎吱吱地歌唱着，挑夫便自觉轻快了许多。

一人挑不动的东西，便需要二人抬了，扁担插好，一二起，步调一致，随着扁担的嘎吱声，犹如舟行水面，左摆右摇，甚是可观，估计是现在所谓的行为艺术的鼻祖，默契的配合，心向一处想，劲向一处使，扁担是平衡的支点，俗话说，前高后矮，压死老拐。

汪曾祺曾在小说《大淖纪事》中有这么一段情节，"单程一趟，或五六里，或七八里，十多里不等。一二十人走成一串，步子走得很匀，很快。一担稻子一百五十斤，中途不歇肩。一路不停地打着号子。换肩时一齐换肩"。那种情景，儿时，稀松平常，春天下田匀粪，乡间崎岖的小道上，挑粪的人，排成一条长龙，蜿蜿蜒蜒，遥遥一望，颇为壮观。

不记得从哪里学来的俏皮话，每见肩挑人抬者，便大声唱着，"（扁担）两头一颤，中间压蛋"，"（扁担）两头一挑，中间压吊。"……每次，大人便大笑着粗声大气地呵斥。

及至我长大一些了，去河里跳水，行走在路上，不由地会联想到那些俏皮话，便有意识地用肩颤动着扁担，暗自地发笑。

前些年，在运河的码头看到挑夫挑砖头装船，一根跳板横搭在船舶上，仿佛是一根躺着的扁担，挑夫抬着两摞砖头，踏在跳板上，走钢丝般，我看着都会心惊肉跳，换上我，便是空身走上去，怕也会掉到河水中。挑扁担不仅要有气力，还要有点技术，人要同扁担有着某种默契，熟能生巧，就像推独轮车，空有一身蛮力，没用的。

而今，留给扁担的舞台越来越小了，最多在偏远的山村出演，或在城里客串一把，比如"棒棒"。一根扁担，诠释了劳动的美，每想到它，眼前便会浮想到井台挑水的姑娘，岁月弥久，挑水的姑娘似乎愈加青春靓丽。其实，那位挑水的姑娘，我应叫她奶奶，或者妈妈了吧。

# 锄头有水

现在的家长喜欢教背孩子古诗，人前人后，小家伙出口诗成，倍觉有面，孩子们所背的古诗中，李绅的《悯农》是不可或缺的，诗句朗朗上口，极有音乐之美，尚有教育意义，让孩子好好吃饭，爱惜粮食。

小家伙不知锄为何物，我相信有一大部分家长，也未必就清楚锄的模样，锄禾是要用锄头的，我还有理由相信，相当大的一部分人以为锄禾就是除掉地里的杂草，否则，怕是草盛豆苗稀了。

电影《朝阳沟》，栓宝教银环锄地，"前腿弓，后腿蹬……"把锄头抛出去，拉回来，看上去很简单，银环总学不好，锄头不分青苗杂草，这让我无端地想到了，汪曾祺写过的一篇短文《山丹丹》。"山丹丹长一年，多开一朵花。山丹丹记得自己的岁数。山丹丹开花花又落，一年又一年……这支流行歌曲的作者未必知道，山丹丹过一年多开一朵花。唱歌的歌星就更不知道了。"《朝阳沟》这个片段，或许作者只知道锄地就是为了除掉杂草，演员更是照着葫芦画瓢了。

锄地，不仅为了锄草，更重要的是松土，松土的目的是为了保墒，这是锄地的根本。

我曾跟父亲一起锄地，父亲常挂在嘴边的话——锄头有水。父亲说这话时，我一点都不理解，觉得不可思议，这并不妨碍我记住它。现在想来，我觉得父亲是个了不起的哲人，"锄头有水"，这是何等的识见，透过事物一般的表象，直达事物的本质。

关于锄地，父亲还有一句话，不可谓不精彩。他说，地不怕长草，不长草的地，也不会长出庄稼。父亲的主张是，田地里的杂草不能除尽，草可以刺激庄稼的生长。母亲一度说他为了偷懒寻找借口，父亲笑而不答。

后来，事实证明他是对的。无论什么都有个度，把握好了，就有利，过犹不及。适度有草的地方，土地就湿润，不干裂，尤其在秋后，更明显，有草的地方，犁耕过，土质鲜亮有水，在阳光下，犹如镜面反光，而没有草的地方，土枯干散碎，感觉要冒白烟。

无论是锄禾锄草，还是锄地，其目的是为了禾苗，锄工具而已。作为农具的锄，其历史不可谓不久远，据说锄最早出现在西周时，锄是用青铜铸造的，沿用到战国时代，随着冶炼技术的提高，秦朝时，铁锄广泛地被使用，一直延续到今天。在中国历史博物馆里，有西汉时期的梯形锄，高 19.8 厘米、刃宽 18.8 厘米，整体呈梯形，锄刃齐平，两侧呈梯状向上收至銎口。锄现正中起脊至刃部，銎口正方形。下沿饰弦纹三道，銎身由点、线组成云雷纹图案。这锄更像今天的镢头。现在的锄，多是半月形，或不明显的三角形，刃的钢口好，雪亮。

锄需经常使用，越用锄头越快，闪闪的亮。锄地，尤其是在春回大地的时候，也是一种享受，可惜我好久没有锄地，更没有与父亲一起锄地了。每每念及，都会令我无限怀想。

父亲锄地，不疾不徐，锄拿在手中，感觉很轻灵，很听话，锄出来的地，平整如砥，春日的阳光下，父亲嘴角叼着香烟，青烟丝丝缕缕，

172

吸烟还不误说话，父亲教我如何调换姿势，俗称换路子，这样干起活来，左右平衡，不累，也不踩地。那一刻，我觉得父亲不是在锄地，是在土地上抒写着对土地，对生活的热爱。

我问父亲，地里没有草，锄它干吗？那次，父亲除了那句话锄头有水而外，又说了一句极富哲理的话，他说，春天万物复苏，你现在看地面上没草，草籽很快就在土里醒来了，趁早把它们翻出来，起到事半功倍的效果。

锄头有水，生活便有了诗意，可惜，而今知道锄头的人恐怕为数不多了。

# 筛子

筛子，在农耕时代，它扮演的角色是筛粮，估计筛选一词便是由此而出。

从"筛"的字面上，似乎可看出一点端倪，筛子是一种竹制品，也就是俗称的竹器，这也是筛子的本源。后来，筛子的家族逐渐扩大，材料也发生了根本的变化，木材、钢丝网之类的成员加入，常规的形状也被打破了，除了圆的、椭圆而外，又增了四方的、长方的。

日常生活中，常用的筛子确乎是竹制品，直径尺二的样子，多呈圆形或椭圆状，浅帮，筛底有孔状的花眼，托着小细孔的筛衣，筛衣是筛子最主要的部件，少了筛衣就不成其为筛子，你叫它是浅竹筐子，它涨红脸也无法跟你分辩。筛子，放在农家小院中，或挂在屋墙上，院中在点缀几只雏鸡，就是一幅农家水墨写意。

竹器匠人，俗又称篾匠，村东张聋子是个篾匠，耳朵失聪，手却出奇的巧，儿时，就喜欢看他做篾匠活，他家门前有一条小河，他家的柳树就栽下河边，他坐在柳阴下，腿上铺着皮垫子，右手捏着一把弯月般的长刀，左手的中指与食指间夹着一片长长竹坯子，轻薄的竹坯子微微颤动着，如一泓潺缓的细流，一经右手的刀刃一荡，竹坯顿时活泛了起来，一跳一跳，水花般，篾须又薄又匀，不折不断，一条一条放在身边，待用。有时，也用芦苇，根据不同的需要，花成粗细厚薄不一的材料，编织筛子，是他的拿手好活，看他编筛子，起始，你不知道他要编什么，几组篾须铺在地上，只见他的手让篾须跳来跳去，跳着跳着，筛子的网底就出来了，拢起篾须，用细绳笼着，立起筛底，细竹丝在他手中，似乎被他喂熟了，格外听他的话，让它去哪儿就去哪儿，失聪寡言，那是对人，每每跟他说话，他总是很大声音，要么，就是咧嘴一笑，与竹篾对话，他似乎很轻松，面带微笑，表情平静。

村人都是使用他编织的筛子。筛子主要是筛粮食里的土，粮食是在土场上打的。五月，小麦上场了，用碌碡压，满场面都是麦粒，扫帚扫，小麦与浮土便混在一起了，浮土多时简直把小麦粒给掩埋了，这时，就要用筛子筛，扒半筛子麦土，用手搅一搅，土就从筛眼中漏了下来，土去了一部分，重量也轻了，便把筛子端起离地半悬空中，手臂摇动筛子，顺时针，逆时针，直至把土全筛干净，写起来似乎很啰唆，干起来就简单地多，不过，这活又脏又累人，干这些活多是妇女，一般都用方巾围着嘴，去掉方巾，方巾包围的地方格外干净惹眼，见人不见己，相互取笑以为乐。

其实，筛子除了筛东西之外，亦可以晒东西，因为筛底通风，晾晒东西比一般筐子都快，也干净，晒东西时，用四根细绳把筛子吊起来，挂在阳条上。春日，剪掉的月季花，丢了可惜，就放在筛子里晒干，积攒起来装填枕头；夏日，在河里捉了的小鱼，放在铁鏊子上烤至半熟，放在筛子里晒，晒干了，装在小竹笼里，随吃随取；秋日，晒野菊花，菊花茶，醒脑明目，还无需花钱去买；冬天，下大雪时，把筛子支起来，撒上一把红灿灿的高粱米，拴根长长的绳子，便可以捉到贪嘴的鸟雀。

筛子，在少玩具的年代，还能客串一把玩具的角色，对筛子自然就有种言不出的亲近感，秋天，筛子晾晒的东西多了，晒柿子，我还要多提一笔，晾晒柿子时，奶奶都会让我看着，拿着一根长长的竹竿，因为不知何时就会有花喜鹊飞来。花喜鹊似乎最喜爱喝柿子，轻轻啄开红红的柿子皮，嘴伸进柿子里，一个柿子就被它喝瘪了。

也许竹筛子的筛眼太密，筛东西时不够利索，自从有了钢丝网，木头制的筛子逐渐代替了竹筛子，钢丝网也被称之筛衣了，木片订成方框，正方形或长方形，筛衣钉在方框上，两边留着把手，两人筛东西，拉锯一般，筛得快也干净，后来，又被用于建筑上，筛沙子，其结构就更简化了，四个边钉上筛衣，就可以了，根据筛沙的粗细，选择筛衣的孔眼大小，筛子竖起来，后边用一根棍支撑着，便可以过沙。

筛，就是选，筛子作用就是筛选，筛选什么呢？根据人们的所需，筛选人们最需要的，人们以为筛选就是筛选最好的，其实，这是个误区。

## 木拓

木拓，作为一种农具，估计也很有地方性，有着自己的特色，我的许多童年的记忆，都与此有关，我想把它描绘出来，展览在老物件里。

拓，家乡人都这么叫它，也跟着这么叫，始终不知道是哪个字，当初，跟着大家人云亦云，年纪小，也不识字，没有想到它的写法，长大了，读书识字，看到它，就知道它叫拓，心里压根就没有想过，它的名字如何写。今天，想写它时，却不知怎么写了。熟视东西，往往会无睹。就像在你身边的老朋友，你以为很了解了，当你夜深人静之时，想想，又会觉得完全不是那回事。拓或拖，二字就先跳入我的眼帘，拓在前，从此，拓在我心里名实才相符。此时，作为农具的拓，早已折戟沉沙。

我想有必要，在此，用我的文字把它的形象勾勒出来，也不知道，我的手艺如何？大家不妨发挥自己天才的想象，补充、完善。拓，木头制作的，结构很简单，简单地只是个四方的架子，可是就是这个简单的木头架子，却很经济实用，昭示着先人的智慧，隐含着诸多不为人知的故事。

拓所用的木材，要硬，耐磨，取材多用槐木，榫眼结构，这是木匠的基本功。打造拓，可以检验木匠手艺的高下，就像书法，要先习楷书。十二根上好的槐木方条，以榫眼相连扣，组成一个四方六面的木架子，一具拓，就大功告成了。当然，制作的时候，并非我动动笔，那么简单。拓是以牛作动力，当然，也有用马或驴的，不多见，在地上滑动，来完成运输的一种农具，其运输的物资，主要是犁、耙。

春耕秋耘，拓便有了用武之地，一般三头牛拉着拓，拓上，放着犁，耙，赶牛者，也是犁田的人，坐在拓沿上，牛鞭甩起，鞭声在半空炸响，如同司机发动好的汽车，离合一松，启动。春日，天高地迥，在暄软的乡道上，拓在老牛的拉动下，缓缓地前行着，春日地气上升，在春日阳光的中，烟波浩渺，拓，便如同一叶小舟，漂浮在岚气游动的地面，小麦才返青，那种绿，生意盎然，柳叶，在枝条上飘动着，如同舞动在五线谱上的音符，歌唱着春，拓，在回春的大地上，亲密地摩擦着，该是怎样的一种温暖，我想只有去问与拓无间的泥土了。行在秋天里的拓，别有一番滋味。犁田收工回家转，拓上，除了犁耙之外，多了几只盛满草的篮子，猴在拓沿上的孩童，赶牛人，很温和，咬着烟管，说一声，坐好了，鞭子一摇，拓随牛慢慢前行，遇见人，招呼一声，小孩见拓来了，便追，没有地方坐，只好脚踩着拓底，手扒着拓沿，赶牛人，回头一笑，小家伙就立马讨好地咧咧嘴……

平时，拓被放在大场上，远远地看上去，很安静，是不是真的安静，我看着悬。否则，就不会有这么多鸡，飞到它的身上，或打盹，或梳理毛发，或干脆把头插进翅膀里……一待就忘了时间，大红公鸡、芦花大公鸡，或许想提醒懒懒散散的母鸡，还是它自觉有什么责任，一声长鸣，打破了无边的寂静，同时，声音也被无边的寂静吞噬。麻雀，也来凑趣，见缝插针，一只落下来，两只落下来，一群便落了下来，拓沿立马就疙疙瘩瘩起来了。拓大约很享受这一切，觉得这样的日子，才有滋有味。

平日里，我想拓最喜欢的，应是我们这些孩童了。没事的时候，就喜欢和它在一起，骑大马、钻狗洞，爬上爬下，几人合力，给他翻个身，打个滚，它不烦，也不恼，怎么样都行，像个慈眉善目的得道老者，滤去了火气，存留着温暖。

无论雨天，还是雪天，拓都待在大场上，似乎不怕风吹雨打。雪天里的拓，很庄重，却又不失幽默感，拓沿上，肥肥的雪，让拓一下子胖来了起来，胖得变了形体，遥望一眼，白中隐着苍黑，有种思考的力度，近瞧，就想笑，会心的那种笑，相对平时，那种样子，很搞怪，雪，让它显露另一个侧面。我想万事万物，都有它的另一面，只有少机缘看见而已。

拓，农耕的文明，被称作铁牛的拖拉机的轰鸣声，赶到了一边，随着农村普及了机械化，它连一隅都占不着了。似乎还没反应过来，那些曾经在与它玩耍过的孩子便有了孩子。有一天，去寻它，却了无痕迹了，只好返回自己的记忆，拓一张"拓"的影像，农具的老物件里，它不该缺席。

## 铡刀

说起铡刀，我总会想到京剧《铡美案》，还有人民英雄刘胡兰，相信有这种联想的人，不在少数。估计人们关注的焦点不在铡刀，铡刀已误为役使，迷失自身的本真。铡刀作为一种农具，简单实用，凝结了先人的智慧，乃至农业文明的结果。

铡刀，由刀座与铡刀两部分组成。一把带有短柄的柳叶形生铁大刀，短柄有裤，可装细木续以为柄，刀座是一块中间挖槽的长形方木，一般选细密硬朗的材质，耐磨经用，榆木便很有竞争力，把刀的一头固定在底槽里，有把的那头可以上下自由活动。铡刀用的是物理上的杠杆原理。如此看来，理论一旦付诸实践，就成了赋有生命力的活物。铡刀就是很好的例证。

有关于铡刀的记忆，始于农村的大集体。那时，我还是个孩童，五月的夏风一吹，昨天还泛着青的小麦，一夜间，就变作金黄，俗话说，蚕老一时，麦老一晌。村头一站，一眼望不到边的金黄，风痕过处，麦浪翻滚。麦浪一词，都叫人用烂了，青时，碧色的麦浪，麦子黄了，金色的麦浪，觉得一点创意都没有，当你身临其境，便觉得除此，还真的没有比它在合适的词语了。我已好久好久没有这个体验了，不过每每想起如此场景，都会激动不已。

过去，麦收时节号称麦口，靠天吃饭的农人，于季节口中夺食，抢收抢种，小麦上场了，铡刀便在大场上大显身手。小麦收割成一捆捆的，成捆的小麦放在铡刀上铡，麦穗留下来，麦秸丢在一边，这就如同写文章一样，精粹材料，重点突出，那场面，热闹非常，握铡刀者，一般都是壮劳力，气力足，手起刀落，绝不拖泥带水，嚓的一声，麦穗头与麦秸腿便身首异处。续得紧铡得快，前仆后继，你来我往。当然，干活时，并非鸦雀无语，大家有说有笑，拿这人开心，那人逗乐，有人说一段带着荤腥味的笑话，气氛轻松愉快。没事的时候，我喜欢看大人们铡麦，顺便跟着他们拾二笑，有人便过来打趣我，傻笑什么？你知道说的什么？诡异一笑，大家便跟着哄笑起来。

麦收结束后，铡刀基本就闲置，到冬天方才出山，那就是铡麦草，铡玉米秸之类的草料，喂牛。铡草料，一般都在冬日的中午，天气暖融融的，"牛头"搬来了铡刀，饲养员们就在草垛上抱来麦草，铡成一段段的。喂牛时，将铡好的麦草往牛槽里一放，浇上豆沫水，牛便有滋有味地吃了起来。牛们是不会感谢铡刀的，它们也不知道，铡刀事先已把那些麦草给"咬"碎了。铡好的麦草，可以填在鞋里，为脚保暖，铡好的麦草堆在牛屋里，家中穷的少被子盖的人，不多，可不是没有，夜里就钻进麦草堆里，睡觉。夜晚，牛屋里聚满了人，冬日夜长，人们都到牛屋里，取暖、闲聊，打发漫长的寒夜，我常在那里听人讲故事，尤喜听人讲恐怖的鬼故事，想听，听完了又不敢回家，就特羡慕钻进麦草里睡觉的人。

后来，分田到户，有了脱粒机，有了收割机，铡刀似乎就突然不见了，也不知躲到何处，独自垂泪去了，它或许不知道，它一垂泪，刀面就会生锈，锈迹斑斑，就更没人待见了。生活有时就是这样，有用的常会被人记起。

一天，在中药铺，看到一把铡刀，迷你版的，顿觉亲切，把那小铡刀，切中草药用的，切片、切段……轻巧、灵活，我突然觉得，这才是铡刀的好去处。铡刀，就像一味中草药，散发着一股淡淡的药草香，弥漫在农耕文明的气氛里，疗旧。

# 叉把

"叉把扫帚扬场锨，碌碡掴子使牛鞭。"所以能想这句顺口溜，多亏叉把，由点及面，有关叉把的诸多信息便被激活了。

叉把，俗称叉子，也有的地方叫草叉，农人把庄稼的秸秆统称为草，比如麦草、稻草、豆草等，其作用就不言自明了，叉住农作物的秸秆挑放于某处。

叉把，农活中常用的工具，农人对此习常，不时会使用它，不过，若把叉把两字写在纸上，给不识字的农人看，肯定会傻眼，告诉他们那是常用叉把的写法，他们或许会觉得好奇，而引起学字的兴趣，不是没有这种可能，他们也不想当睁眼瞎，"叉把扫帚扬场锨"作为自编扫盲教材，编者用心良苦，值得称赞。

扫盲，扫除文盲的简称，扫盲班是特殊历史时期的产物，就此，我觉得与现在的补习班有些神似，只不过，前者是雪中送炭，后者为了锦上添花。追求知识，还要学会思考，不能跟风而动，被大环境裹挟，随了大流。

扫盲时，我尚年幼，跟着人群往社屋里跑，凑热闹，各人带着一把板凳，屋里，燃着两盏马灯，一盏挂在靠临时黑板的墙上，高灯矮亮，板黑字白，在黑板上，老师画一把叉子，旁边写着"叉把"两字，类似于看图识字，下边的"学生"看上去热情很高，在纸上费劲地学写着"叉把"。平日里，心灵手巧的姑娘，面对简单的方块汉字，也显得很笨拙，扫盲的效果如何？不得而知，不过，可以肯定，经过扫盲，自己的名字能认会写，是不成问题的。

不知道姑娘小伙们是否学会了叉把，次日，在使用叉把时，心底是何感受，心底可否有什么异样，干起活来，可否感到轻快了，这一切都是个谜，谜底在岁月的风尘中被红尘覆掩了，纵然此时，我想用叉子去挑，也无法挑开，我莫名地想到一部老电影，一个教授给老农讲马尾巴的功能，底下笑声一片。

熟练地使用叉把与能否会写叉把，确乎不存在直接关系，不过，我觉得纸上的叉把，可以挑开愚昧无知的幕帷，当别论。

叉把，我印象最早的是木叉把，据说是刺木的，叉头叉杆是一个整体，拿到手中沉甸甸的，叉杆有韧性，有弹力，就是叉股不够犀利，大约是成本高，后来叉把换成了带库的铁叉头，义股及义朴需自己安装，及至我能挥舞叉把时，叉把的叉头已是铁皮制品了，轻快，犀利，缺点就是易坏，不过也易修，每年农忙之前，都有走村串户焊叉把的手艺人，农人纷纷把需要修理的叉把拿出来修理，为农忙做好前期的准备。

我自然有过用叉把的经历，我觉得有趣的是垛草垛，麦收以后，粮归仓，草归垛，父亲让我上垛子，其实，上垛子是没有什么技巧的，就是个傀儡，主要是父亲在地下指挥，母亲把场面的麦草推倒垛子跟前，父亲负责把麦草挑上草垛，我则把草摊在垛顶，并在父亲的遥控下，胆战心惊地往垛子的四围踏踩，然后在回到垛子的中心点，垛子慢慢地长高，我也被垛子慢慢地顶高，不觉离地面已有三米余，探头往地下望一眼，不由地心底打战，不过，扶叉立在垛顶，极目四望，那感觉就不一样了，难怪古人常言登高望远，真有天地之间，唯我独尊的意思。

垛子垛好了，父亲把叉把插进草垛，让我踩着叉把下来，当我手中的叉杆触地的时候，我悬着的心才落地，此时，叉把似乎成了我救命的稻草。

有关叉把记忆最深刻的，还是父亲表述叉把的一句话，麦穗晾晒在大场上，需要不时地翻动，我常跟父亲一起翻场，父亲常挂嘴边的话，锄头有水，叉头有火。当时，我不大明白其意，说的说，听的听，好在，我听了，若干年后，反刍此言，我似乎咀嚼点味道来了，我觉得学习知识与翻场有些相类，叉头有火，作用虽不直接，却很关键。

## 铁锨与木锨

写下这个标题，莫名地联想到一句歌词，他大舅他二舅都是他舅，高板凳低板凳都是木头。套用一下，铁锨木锨都是锨。不觉莞尔。

对着"锨"字，我是好一阵子发呆，锨，怎么会是大金旁呢？我没有去查《说文解字》，我个人觉得，应该先有的木锨，而后有的铁锨，不过，从字面上看，现实正恰恰相反。

从我的生活经验来看，锨通常指的就是铁锨，铁锨是用来翻地的，在种植农作物之先，把土地翻起来。锨，能让土地欣欣向荣，刀耕火种的时代，翻地、挖沟、挑渠，都要用铁锨。过去，乡村相对的还是地广人稀，秋收之后，有些土地可以歇茬，那时，农人对土地充满了敬畏，以为自然万物都是有生命，跟人一样，土地每年每个季节都要长庄稼，土地也会累的，把土地累坏了，影响打粮食，农人不但对土地，对树木，对牲畜皆是如此，果木树上的果子结多了，他们会摘下一些来，为果树减负，怕树累着，使用牲口亦是如此，累了就让它们歇一会儿，干活时，唱着小调为牲口提神，手中的鞭子甩得很响，很少落在牲口的身上。

秋后，用铁锨把歇茬的土地翻起来，用犁耕的地太浅，铁锨直插土里，板结的土地，一块一块地被别了起来，一股浓烈的土腥气散发开来，大约是在土里憋了太久，这就是诗人所言的泥土的芬芳，新翻土地，鲜鲜亮亮，大概就是"锨"字的出处。土地是有自我调节功能的，经过一冬的风吹、日晒、雨雪、风霜，土地自身所需的能量，随着时间慢慢地拉长，大自然都会给它补足的，加之一冬不曾出力，春天，在歇茬的土地上种什么都会丰产。

农耕文明的主题，其实，就是一个"慢"字，心不能急，不能燥，俗话说，心急吃不得热豆腐。现在，什么都要讲究效率，讲究效益，对土地也是如此，土地负荷太重，就人工地给土地加营养，化肥大量地使用，地也不深挖了，那样太慢，也不用犁耕了，犁地还是不够快捷，用旋耕机刨，能把化肥旋进土里就行，化肥的大量使用，破坏了自然的平衡，土地中的微量元素无法得以自然补充，土地板结了，营养单一了，因何现在粮食没有过去的好吃，道理就在这里，相信大家都知道，似乎又都不甚明了。

铁锨的问世，我觉得是为了维护土地，也是为了让土地多产粮食，挑沟挖渠，为了预防土地的旱涝，翻土整地，为了土地增添营养，使充满土地充满活力，庄稼收割上场了，场上，就是木锨的天地了。

就拿小麦来说吧，碌碡把小麦压掉，麦粒与麦糠是混合在一起的，堆在大场的中心，扬场的把式就立在麦粒堆边上，等风，有风吹来，把式们开始扬场，此时，就体现了木锨的佳处来，木锨，顾名思义，木制的锨，一个四方薄木板，钉在一根木棍上，别小瞧这根木锨，简单的东西往往不简单，它能考验着一个木匠的水平，水平一般的木匠，钉不好木锨，因为木锨太简单了，不需要花哨来遮掩，方显匠人的功夫，这好比写作，古人云，欲造平淡难，道理是一样的。

扬场的时候，是不分昼夜的，何时有风，何时就扬，所以说，农人总是祈求风调雨顺。靠天吃饭，人定胜天，不过是人类的一厢情愿而已。木锨也就是使用一季，可这一季却很重要，是重中之重，儿时，曾好奇地想，为什么扬场要用木锨，不用铁锨呢？这种好奇心，在我能拿动锨时，才得以消除，铁锨确实不宜扬场，一者铁锨的锨头太重，加之粮食也重，千斤不挑梢，这在物理上很好解释，农人的物理知识全是来自实践，再者铁锨易下地，往往会把土铲起来，而木锨，就没有这种弊端，看来，木锨的使用或许是在铁锨之后，是有一定道理的。

铁锨木锨都是锨，孰先孰后，留给农具研究者去研究吧，而今铁锨更多地从事着非农业生产了，走向了建筑行业，跟随着它的主人进城打工去了，木锨基本上都留守在乡村，被主人束之高阁了。

## 簸箕

北方，暖暖的秋阳照拂着，土墙的院落里，青石的碌碡上摆放着一只簸箕，簸箕里晾晒着弯眉般的赤小豆的豆荚，簸箕破壁不堪，已不复当年的模样，给人沧桑之感，赤小豆却鲜活依旧，一如千百年来的俊俏，融融的秋光下，静静地与簸箕倾心地交谈着。

提及簸箕，我的日前总会出现这么一副画面，当然，簸箕不只被赤小豆所垄断，有时是绿豆、棉花、花生、红辣椒……簸箕似乎永远盛放着收获，温暖，实则不然，簸箕与生俱来的使命是扬弃，扬弃那些虚浮的、伪劣的、质次的、假果的秕谷，留下诚实的、饱满的、优质的，沉甸甸的果实。

簸箕，是个动宾结构的词语，词语本身就是一幅热闹温馨的劳动场面，有收获的地方就会有簸箕的身影，它的出现，总会让饥寒退避三舍，对于现在的孩子来说，饥寒是个很模糊的概念了，他们只能对着这一概念想象一下，无法进入词语的内核，也许还会发出类似"百姓无粥可食，何不食肉糜"的感慨，亦未可知。

小品《粮票的故事》是个讲述亲情的故事，我觉得又不完全是，那是在对饥饿年代的刻骨回忆，说实话，我也没有完全经历过饥寒的年代，儿时，还是有的吃，有的穿的，只不过有些捉襟见肘，春季青黄不接的时候，佐食洋槐嫩叶、榆钱、野菜之类以充饥，三九隆冬，常需芦毛、麦草、蒲棒之类御寒，那时，簸箕闲置在土墙上，少气无力，没有人敢多看它一眼，条件反射，让人的肠胃更加怀念粮食。

五月的小麦上场了，没有脱粒机、联合收割机的年代，镰刀收获了小麦，然后，用碌碡把麦粒压掉，黄牛、毛驴拉一棒碌碡，人牵着，在大场上一遍一遍地压，抢收抢种的时刻，有时，也用人来拉碌碡，通常四个人拉一棒碌碡，在碌碡的镇压之下，麦粒心不甘情不愿地离开了母体麦穗，麦粒混杂在麦糠之中，满场皆是，堆起来，有风之时，木锨便粉墨登场了，俗称扬场，麦粒重，麦糠轻，麦糠便被风吹到一边，饱满的麦粒就被重重地留了下来，在麦糠与麦粒的中间地带，也就是麦粒与麦糠的交汇区域，簸箕的用武之地。

顶着头巾的妇女们手端着簸箕在簸小麦，五月虽不是酷暑，温暖却不低，汗水在鬓角流下，头巾是湿的，汗衫自不必说了，可是，没人抱怨，相反却是 腔的欢喜，从簸的频率中，从颠簸箕的状态中，暴露无遗，一排溜十几人，几十人挥动臂膀颠动着簸箕，场面何其美！可惜那时没有数码相机，没有智能手机，没有网络，若有，拍下恢宏的劳动场面，发上微博，点击率一定不会差，那种劳作是真正意义上的劳作，簸箕与人，粮食与簸箕，簸箕、粮食与人，分不清谁为谁而服务，谁是谁的工具。

不知为什么，古人因何没有去吟咏它，不过，有关它的形象，还是有着文字记录的，列子的《愚公移山》中就曾提及过，"遂率子孙荷担者三夫，叩石垦壤，箕畚运于渤海之尾"。《杨恽报孙会宗书》："种彼南山，芜秽不治。种一顷豆，落而为萁。人生行乐耳，须富贵何时。"种了大半山坡的豆子，收获了一簸箕，实在不像种地的，可人家要的是这种生活的状态，豆、簸箕亦不过是个道具而已。

若说增添生活的情趣，我觉得簸箕确乎是件不错的道具，天朗气清的乡野，春日，晾晒着腌制的咸菜；夏日，晾晒着焯过的马齿苋；秋日，晾晒着新棉；冬日，晾晒着芦花，簸箕旁，如若坐着经历沧桑的老妇人，或立着扎着红纱巾的小姑娘，简直更是妙不可言了，而今，这种画面已很少能见到了，往日只道是寻常。

第六辑　曾经的游戏

## 掷砖头

这种玩法，有着地域性，我怀疑是我们儿时的独创。

玩耍时，年龄大都相仿，就是说在同一个级别里。玩法很简单，不过须在有水之处，比如：宽阔的河岸、汪塘的水堤，材料是可手的砖头、瓦块、土疙瘩……在乡村，俯首即拾，然后，开始向河的对岸、水塘的对岸用力抛掷，看谁掷的远，抛的最远者往往很神气。

还有一种玩法，与其类似，就是打水漂。也可说是广义的"掷砖头"，一如小品文、书札、跋、序之类统称为散文。

打水漂，我们那儿称之撇瓦。一般用薄瓦片，我们玩此游戏有的是条件，村头有几处烧制陶品的窑场，那里有的是瓦片。

放学后，我们就直奔窑场而去，书包随手丢在一旁，便在瓦砾堆里捡拾"利器"，你争我抢，常为一只可手的瓦片争在一处，叠起了罗汉，每人捡上一大堆，用褂襟兜着，来到河边，比赛着看谁打得水漂多、打得远。打水漂不完全比力气，它需巧劲，腕力、身体的协调性。

玩时，通常用右手持瓦片，左撇子另当别论，身子微微向右侧偏移，浑身的力量似乎集于腕处，手用力一旋，瓦片快速飞转而出，由于是一股旋转的力量，瓦片在水面上急速飞跃，打出一片片水漂，水花四溅，很美，直至很远才慢慢沉落水中，有的人，还能漂到对岸，倘不停下，又窜出岸边老远。打水漂时，口中还唱着有关打水漂的儿歌：撇瓦撇瓦，一撇为俩，两个不够，一撇十六。

而今，这种游戏在家乡大概已没人玩了，一方面是孩子少，最主要的是课外作业多。

## 滚铁环

　　读小学时，曾流行过一种游戏——滚铁环。

　　什么东西一经流行，不免波涛汹涌，泥沙俱下。而今想来，那景象真的很壮观。也不知都从何处弄来的铁环，看来此游戏，可以说每个家长都是参与者，孩子看别人玩，回家便向父母要，爹娘想，人家孩子有，咱们也不能无呵，于是，就想方设法给孩子去弄。

　　玩滚铁环，器具很简单，一只铁环，一只铁钩子而已。不过，玩起来就不那么简单了，这是说玩得自如，进入化境。一般玩法并不复杂，把铁环往地上一抛，在铁环滚动时，不失时机地用铁钩子卡住铁环，铁钩子是铁环的动力，也是它的轨道，它的大脑，当然，铁钩子不过是玩者的傀儡。

　　在很长一段时间里，铁环与书包一样重要，书包放在课桌上，铁环就在课桌之下。上学来回的路上，课间活动的十分钟里，晚上学放过之后，都是玩滚铁环的时候。

　　课间活动时，学生手提着铁环你拥我挤跑出教室，如同拉开的羊圈门，对于白羊来说，圈外是肥美的青草，而我们的心思就是滚铁环，一出教室，铁环往地上一抛，玩了起来，你追我赶，欢笑声、铁环与铁环的撞击声、铁环与铁钩子的摩擦声，校园犹如开闸的洪涛，活动时间将尽了，才想起有尿还没撒，赶紧推着铁环向厕所奔。上学来回的路上，时间比之课间要充裕得多，玩起滚铁环来更疯，一路都在滚着铁环，路不论宽窄，愈是奇险的路，愈是能显示滚铁环的本领，比如：两水之间仅可通人的小道，村中高出路面的井旁……这些地方，不仅难走，而且有一定的危险性，一不小心，铁环就有滚落汪塘之中，或是掉进井里，这要看你的手眼身法，应急反应能力，手疾眼快者，往往能在最危险之时，一提铁钩子，铁环便被钩住了，很刺激，很有成就感。不过玩不好者，铁环就会误入歧途。曾有一人，在表现自己的本领时，一着不慎，铁环跳进井里，乐极生悲，哭得一把鼻涕一把眼泪，最后是他父亲用一只大磁铁，才把铁环从井中打捞出来。晚上放学后，就更有时间尽情地玩了。通常是在大场上，比赛着谁推得时间长，谁推得快。有时，几人一字排开，喊着一二，开始比赛，快赛、慢赛、相互撞击，花样繁多，谁坚持到最后，谁就是胜者。

常常是玩忘了时间。童年的记忆却格外厚重。

## 打蜡梅

　　打蜡梅，一种乡间游戏。"蜡梅"二字，恐怕是有音无字吧，时至今日，我也没弄明白其名何来。

　　所谓"蜡梅"者，一截10至15厘米长的细木棍，两头都砍成锥状，如枣核，放在地上，两头自然就会翘起，用一根尺余的可手细木棍，择其一端敲起，在它腾空的一瞬，挥起木棒，使木棒打击着它，令其向更远处飞行，若击不着，对不起，算你失败。这是打蜡梅游戏的最基本的规则。详细的玩法，还得让我慢慢说。

　　此游戏，是一个群体性游戏，最少也得两人玩。一般是在地上画个田字格，大小随意，玩者自己定，田字的空格里，分别写上一个数字，在田字格前画一道弧线，弧线的作用如起跑线，"蜡梅"放在弧线之上，用细棍去敲，蜡梅落到田字的空格里，那个空格的数字是几，你就可以敲打几次，比如空格里是2，就是说你可以敲两下，这两下是怎样划分的呢？前段我已说过，木棒若击打着"蜡梅"，你可以继续敲打，直至你敲打不着，如此算一次。若敲到田字之外，或者压着线，你的这次选择权

198

就没了。

玩之前，自己制定游戏规则，一般都是谁累计打蜡梅的长度先到了一百，谁就是胜者，量器就是手中的细木棒，始点是那个"田"字。以次类推，最后一名便是失败者。失败者是要受惩罚的，惩罚的规则一如如前法，胜者须把蜡梅敲进田字格，若敲空或压线，你就没了处罚权，若敲进空格，格子里是几，你就连续打几次，直至结束，蜡梅到田字的间距，让失败者憋着气完成折返，不许中途换气，否则就算失败，重来不说，还得加罚。我们的说法叫：喝壶。

比赛总有规则，有人想投机取巧，结果只得多喝几壶，喝得晕乎乎的。这是轻的，重的就是没有人跟他在玩了，不守信。不过，太认真者，也没有人跟他玩，他总是把蜡梅打得远远的，让人无法一口气完成折返。没有想到，儿时的游戏，还蕴涵着儒家之道。

## 推朝廷

推朝廷，名字好像很有政治意味，看上去感觉挺"革命"的，可玩的结果，颇让人思忖。

玩时，通常是四人。

寻一处平整之地，把准备好的碎小的瓦片，垒成三摞，中间的高大，两边相对矮小，在同一水平线上，其中间距，相酌而定，中间那摞高大者，就是朝廷，两边的便是侍卫。距"朝廷"十余米之外，画条一道线，互为始终。

四人各寻块砖头，站在"朝廷"处，把砖头掷向"那线"，以便分出先后次序，谁先谁就可以先出手去击朝廷。先后的次序是有规定的，掷出线者为最末，四人都掷出了线，最后者为末，以此论推，线内的呢？谁靠近线谁第一，以此论推。

一切准备停当，按先后次序，站在线后，用砖头去击朝廷。若这一轮没有人击倒朝廷，再进行下一轮，也就是说，再于朝廷处向线处抛掷砖头，分出先后次序，如此反复。击倒朝廷者，他就当了朝廷；同理，

200

击倒侍卫者，他便是侍卫；剩下的那位，只能充当被发配的罪人了。

游戏的高潮就在这里。当朝廷者，面南而居，坐于高处，发号施令。两名侍卫各执"罪人"一耳，来面见朝廷。侍卫曰：朝廷在家吗？

朝廷曰：不在。然后，就讲去了某处。比如：去了后花园，去山中打猎之类。那两位侍卫便扯着那位"罪人"的耳朵，绕着"朝廷"身后转一圈，或用一只手拍打另一只手臂，作拉弓射箭状，如此一来，把发配者疼得龇牙咧嘴，却没有办法。游戏总有其规则。

游戏，还是挺有趣的，在记忆里。

## 捣拐

　　似乎是突然之间，校园里，捣拐成风。

　　我看到过两位青年教师，在办公室前金鸡独立，你来我往，玩着捣拐的游戏，几位老教师站在一旁看热闹，不时还喝两声彩。或因是老师，平日里，四平八稳，不苟言笑，乍一见底盘不稳，上盘摇晃，支地的单腿为寻身体平衡，不自觉乱蹦，如醉汉，很搞笑。

　　在路上的那幕更有趣，两名小学生，看样子最多不过读二年级，书包丢在路边，俩人玩起了捣拐，那个认真的劲，若见者不笑，那我绝对佩服他的情商，怀疑他的智商。

　　当然，我不只是个看客，谦虚地说，我还是名捣拐高手，至少在班级这个小圈子里。

　　流行的东西，大都是跟风模仿，很少有人去用心。捣拐风行时，人人都知架起一条腿，相互乱撞，碰巧了，能把对方撂倒，一般情况都是双双落马，两败俱伤，然后，重打锣另开戏。我开始捣拐时，就是这么干的，后来有了觉悟，总结出了一套实战技法。

那就是合理分配体力，有勇有谋，大打游击战。具体地说，敌进我退、敌退我挠、声东击西、指上打下，待敌疲惫之时，大举出击，一击即中，屡试不爽。班里有一出名的笨大个，有股子蛮力，他捣拐如猛虎下山，很少有人能经得起这阵势，即便勉强过了一关，也架不住他的三板斧。可他一见我，也没了脾气。他心有不甘，常找我开战，很想翻一盘长脸，不过，从未如愿。

战时，我们各自架起拐，由于他求胜心切，发起猛烈进攻。此时，我巧妙地在他身边绕来绕去，不同他发生正面接触，不时地骚扰他，其因体重所累，体力终不能久持，瞅准时机，我就猛地后撤几步，然后，便以其人之道，还治其人之身。他屡战屡败，只是不服，似乎从未想过因何。我曾玩过三英战吕布，以一敌三，常在运动之中觅寻战机，各个击破，很有成就感。

捣拐之风早吹过去了，每忆及，总会让我品味许久。

## 玩哞牛

哞牛，是一种玩具，现在好像不大能见到了，因其在地上旋转时发出牛哞的声响，故而得名，也不知它的官称为何，也有可能是空竹的另一品种。

哞牛，竹制品，一节圆柱形的竹节，两端封闭，柱面开长方形小洞，一根细棍穿竹节而过，玩时，用细尼龙绳缠在棍上，穿过带孔眼的竹坯，用力一拉，哞牛便在地上快速旋转起来，竹节的小洞如同哨子，发出牛哞的声响，气势如虹，煞是好玩。

哞牛，平时是没得玩，只有年集，或开春逢庙会时，才能够买到，平日里，玩的是转溜，转溜跟哞牛玩法差不多，只不过，转溜是木头制品，可以自制，小店也有的卖，不过，很少有人去买，乡村，木头不缺，制作起来也很简单，孩子想玩转溜，家长又没有那份闲钱，即便是有，也不舍得，就自己动手制作，锯一小节木头，寸余高，砍成圆锥形即可，家中有废钢珠，砸在锥底，旋转时，速度快，不易灭。用布条系成一个小鞭，转溜就可以玩。

玩时，寻找一平整光滑之地，首选就是大场，学校操场，大路边也可以，用鞭按顺时针缠在转溜上，放在地上，用力一带鞭，当然，这要熟练才行，俗话说，熟能生巧，要常玩，否则，看上去很简单，让你放，就是放不转，转溜在地面上，稳稳地转动起来，速度渐渐变慢，用鞭连续抽着转溜，转溜在外力的作用下，又飞快地转动起来，玩的就是让转溜旋转不灭，为了好玩，可在转溜的顶上贴红红绿绿的小画纸片，转溜转起来时，一团红，或一团绿，成了彩色的转溜了，有趣极了。

冬日里，河面冰封了，冰坚硬又滑溜，在冰面上玩转溜，一鞭下去，抽得老远，转溜转的又快又稳，半天不抽，也不会灭，几人在一起玩，抽着转溜，让它们相互撞击，如同碰碰车，谁的被撞灭了，谁就败了。

地冻天寒的，河风小刀一般，可在冰面上玩转溜，却能玩的浑身冒汗，这也是一种驱寒的好办法，比晒太阳有趣多了。也不知何人何时发明的转溜，太有才了。这让我想到一则故事。

从前，有个农夫，家贫，仅以单衣过冬。一日，在院中晒太阳，感到很暖和，便对妻子说，晒太阳可以取暖，人都不知晓，咱把它献给国君，一定能得到重赏。这位农夫也算有才，很有想象力，若能想到转溜可取暖，这个要比负暄更实际一些，更容易操作，也有趣味得多了，取了暖，顺便还锻炼了身体，锻炼了意志，培养了情趣，真是一举多得，说不定，他就此成了贵族，亦未可知呢。

说玩哞牛，却说了这么多有关玩转溜的事，其实，玩哞牛跟玩转溜一样的，只不过，哞牛能发出声响，转溜不能，哞牛，只能拉转一次，直至等它变慢灭了，不像转溜，可以用鞭子续力，使转溜不容易灭掉。

哞牛，实在是没有转溜好玩，所以玩哞牛只是年前年后那一段时间，竹制品也没有木头经玩，玩一阵子就坏了。而今哞牛很少能见到了，转溜，在乡下还能见到，不过，很少是自己动手制作了，都到小店去买了。

## 彩球与火球

　　玩具从无到有，制作也是玩的一部分。

　　"彩蛋"的制作，必需楝枣，所谓楝枣者，楝树之结实也。楝枣花很好看，雪青色，类若紫薇，其实若枣状，故曰：楝枣。楝枣生时色青，熟后呈浅黄色，花喜鹊极喜食。援树而上从鸟嘴边抢下楝枣，在母亲的针线筐里偷来一束红布条，觅一块大石，以石为砧，用铁锤砸楝枣，直砸成糊状，然后，裹红布条一端，用力团捏成球状，大小如乒乓球，过一会儿，楝枣球便硬如黑铁蛋，因球下有一条红布条，故美其名曰："彩球"。

　　"彩球"做好了，便可以玩了，其玩法很简单，就是向高空抛，或向远处掷，看谁抛得高，掷得远，在抛掷的过程中，红布条在风中摇曳着，如水中游弋的蝌蚪，煞是有趣。

　　至于火球，家长是坚决反对小孩玩的。

　　所谓的"火球"就是法桐树上的毛球，法桐官称悬铃木，毛球大约便是木上的悬铃，别说还挺形象的，南京的许多道路上都植有法桐树，盛夏时，树阴遮天蔽日，如一条清凉的小溪。不过，暮春时，球毛满天飞，甘蔗没有两头甜，瑕不掩瑜，秋后，把毛球从树上摘下来，用柴油浸泡，晚上，它便粉墨登场了，点燃之后，用脚去踢，快速滚动的火球，流星一般划过地面，留下一缕呛鼻的浓烟，心头有种说不出的亢奋。大人们不让玩，怕引起火灾，小孩子却顾不了那么多，父母越是反对，孩子的心里越是逆反，偷偷摸摸地玩。

　　玩过的玩具太多，不胜枚举，不过，就是这些别样的玩具，却时常令我回味再三，那是现在的孩子所无法享受和体会的。

## 跑冻

跑冻，是家乡的方言，翻译成普通话，就是溜冰。家乡把水结冰称为上冻，跑冻就顺理成章了。

冬天，跑冻真是一件快乐而又刺激的事。冰冻了水的表层，水在冰面下是流动的，未结冰时，只能站在岸边看水，发呆，胡思乱想，当然，暑天可以下水游泳，但人没入水里，被水包围着，似乎成了水的一部分。冬天来了，情况就不一样了，水塘、河道上冻了，原来柔软的水塘、河道，便成了一条明亮亮的道路，无须绕道或乘舟，直接从冰面过去，这似乎于节省脚力无关。人立在冰面上，可驰目河道，可细察水草，以及悠然游弋水草间的小鱼……

很久很久都没有尝过跑冻的滋味了。南京的冬天，很少给水上冻的机会，只是当日历撕到三九天了，才能在回味里，品尝一下跑冻的滋味。

一夜的西北风刮过，早晨，沿河柳缀满了银花，那些挂满白霜的柳条，随风摇摆着，似乎能听到相互撞击的脆响；河道亦被冰封得严严实实，这无疑是爱跑冻者的天赐良机。

脚落在冰面上，冰裂之声随之而起，清脆、激越，此乃天籁之音。大人们跑冻似乎就是冲着冰裂声去的，十多人手挽着手，步调一致，脚步齐落，嘎嘎作响，脆声穿空而去，冰面也为之一沉，抬起脚的一瞬，冰似又弹了回来，如此往前赶着跑，只见冰面一起一伏，道道冰纹在河面上画着抽象画。小孩们在冰面上乱跑，一个不小心，摔在冰面上，跌疼了，哇哇大哭。在冰面上，玩抽转悠（陀螺）也很有趣，平时在土地上，摩擦力大，转速不快，还老是灭，冰面就不同了，抽一下，可转半天，且转速极快，在转悠顶贴上五彩纸片，能转出五彩斑斓的漩涡。天越冷，跑冻的人越多，玩得也越欢快，跑得满头大汗，热气透过厚厚的棉袄往外冒白气。常听大人讲有人掉进冰里去的事，怕出意外，家长是不许小孩子跑冻的，那只是流于口头，也只能流于口头，谁又能一天到晚跟在孩子的屁股后面，但该说的还是要说，其实，哪个家长不知道，孩子会在外跑冻呢？

　　我就经常偷跑冻，也有过掉进冰里的经历。

　　读五年级的时候，跑冻跑疯了，那时，早上有两节课，之后才吃早饭，这一段时间比较宽裕，可以美美地享受着跑冻的欢愉。上学的路上，必经一口不大不小的汪塘，上冻的水塘，光滑如鉴，冰面上，几个人效仿着大人抱团跑，冰纹横三竖四，现在想来，那冰面就如同吴冠中的《春如线》，又似一只摔炸裂的镜面，待听到学校的响起了预备铃声，才恋恋不舍地离开冰面。

　　午饭后，照例拉帮结伙地来到水塘边跑冻。那天，我好像特别地活跃，第一个冲进了冰塘，没跑几步，感觉脚下一软，咕咚一声，我就掉进了水塘。中午的阳光把冰裂照穿了，冰面已不在是一个整体，而成了各自独立的小冰块，浮力小，脚踏上去，冰块就浮不动人了。岸边的伙伴们似乎被我给吓傻了，没等他们反应过来，我已趟到了岸边，我不敢确定当时哭没哭，但心底十分惧怕，不是怕别的，是怕家人知道，要挨揍，这似乎是伙伴们的共识，我记得我快趟到水边时，有人来拉我，幸好是冬天，水塘瘦了，我跑的也不远，水只淹没了我的大腿，棉裤浸水，感觉很沉，拉不动步伐。

那天下午，谁都没有去上课，在堰边的土窑里为我烤棉裤。那时，到处是草垛，小麦草不经烧，有人就拽来干山芋藤，土窑是烧瓦罐盆的（土陶），封闭、暖和，记不清谁回家拿来了绒线裤，把我笼在棉裤外的单裤抽下来，烤干，穿在绒线裤外边，不在意的话，真看不出来穿没穿棉裤，目的也就是为了瞒家长。湿透水的棉裤不是一下子能烤干的。别说，小孩子咋这么细心呢，火大了，布会烤焦，火太小，效果不明显，他们个个显得比我还急，我只是傻傻地站在一旁看着，仿佛他们就应该为我一个人忙碌、服务，直到放学了，才派一个人去学校拿书包，最后，有伙伴提议，他负责帮我烤干，大家才散去，我抱着忐忑的心情回家，竟然没被家人看出破绽。

而今想来，恍然如昨。现在，天气变暖，家乡的冬天，也很少给水结冰的机会了，听说村里的水塘都被填平建房了，河道冬天已断流了，用不着上冻了，当年一起跑冻的人也少了音信，我也只是偶或忆起跑冻的往事时，才会想起他们，检点遗存在时光里的那些温暖的碎片。